18.5.1983

Hans J. Ullmann
Evamaria Ullmann

Spaniels

Alles über Aufzucht, Pflege, Ernährung und Krankheiten

Mit Farbfotos der besten Tierfotografen und Zeichnungen von Sepp Arnemann

Gräfe und Unzer

Titelseite:
3 Cocker Spaniels: Tricolor, Orange-weiß, Blauschimmel. Aus der Zucht von Beatrice Dillis.
Umschlagseite 3:
Jagdspaniel mit apportiertem Fasan.

Ein GU-Ratgeber

Redaktionsleitung: Hans Scherz
Lektorat: Herta Kraupa-Tuskany, Glonn
Umschlaggestaltung: Constanze Reithmayr-Frank

Satz und Druck des Textteils:
Druckerei G. Wagner, Nördlingen
Offset-Reproduktion und Druck der Farbbilder und des Umschlages: Graphische Anstalt E. Wartelsteiner, Garching
Bindung: Großbuchbinderei R. Oldenbourg, Heimstetten

ISBN 3-7742-5401-X

Die Fotografen:
Animal/Thompson: Seite 9 l.o., r.o., l.u., r.u.; Seite 20 l.u., r.u.; U 4 l.u.; Schmidecker: U 2, Seite 19, Seite 20 l.o., r.o.; Ullmann: U 1, U 3, U 4 l.o., r.o., r.u., Seite 10, 45, 46, 63, Seite 64 l.o., r.o., r.u.

Inhalt

Inhalt

Ein Wort zuvor

Soviel steht fest: Sie sind ein Tierfreund, haben Hunde gern und interessieren sich ganz besonders für Spaniels.
Vielleicht tragen Sie sich mit der Absicht, demnächst einen Spaniel anzuschaffen, oder Sie haben schon einige Erfahrungen mit solch einem Hausgenossen, wollen aber Ihr Wissen gern erweitern um die neuesten Erkenntnisse von Verhaltensforschern, Tierärzten und Züchtern. Dieses spezielle Spanielbuch beantwortet Fragen zur Anschaffung, Aufzucht, Pflege und Ernährung, gibt Auskunft über Krankheiten und stellt alle Rassetypen der Spanielfamilie vor.
Daß hier nicht nur vom ungetrübten Glück mit Spaniels gesprochen werden kann, sondern auch kritische Aspekte zur Sprache kommen, halte ich für notwendig. Schließlich ist es ja auch Sinn dieses Buches, über Gefahren, Schäden, Mängel und Unzulänglichkeiten aufzuklären und mögliche Fehler vermeiden zu helfen.
Als Tierfotografen und Cockerspaniel-Besitzer hatten wir – meine Frau und ich – im Laufe der Jahre viele Kontakte zu Gleichgesinnten. Dabei haben wir Familienhunde, Junggesellenhunde, Einsame-Damen-Hunde und auch Zwingerhunde kennengelernt. Mit den Besitzern und Züchtern ergaben sich oft aufschlußreiche Gespräche über das schier unerschöpfliche Thema »Spaniel«. Diese und eigene Erfahrungen haben wir in dieses Buch mit eingebracht. Neben aller notwendigen Theorie ist Ratsuchenden mit Tips aus der Praxis sicher am besten geholfen.
Herzlich gedankt sei allen, die uns bei der Erstellung von Text und Bildern behilflich waren: Frau Beatrice Dillis und Tochter, Besitzer des Cockerspaniel-Zwingers »vom Münchner Kindl« in Gerold bei Garmisch, Frau Ilse Bachmann in Mürnsee bei Bad Heilbrunn – sie ermöglichte uns, die Niederkunft ihrer Cockerhündin mit der Kamera zu verfolgen (Seite 46); und Herrn Hiller in Penzing, der zu den wenigen Waidmännern gehört, die heute noch Cocker für die Jagd ausbilden und mit ihnen regelmäßig das Revier durchstreifen. Wir durften seinen Rüden beim Apportieren von Federwild fotografieren. Zu guter Letzt noch ein Dank an Herrn Sepp Arnemann, von dem die heiter-lehrreichen Spanielzeichnungen stammen.
Noch ein Wort an die Kinder:
Lieber junger Spanielfreund!
Auch Du solltest dieses Buch lesen. Besonders, wenn Du schon mit einem Spaniel unter einem Dach lebst, oder wenn Du Dir einen solchen Hund wünschst.
Tatsächlich sind Spaniels sehr lieb zu Kindern, und sie können auch wirklich recht lustige Spielkameraden sein – vorausgesetzt, man versteht, richtig mit ihnen umzugehen. Wenn Du mit einem Hund eine dauerhafte Freundschaft eingehen willst, mußt Du dafür sorgen, daß er sich bei Dir wohl fühlt – und das tut er nur, wenn er sein darf, was er seiner Natur nach ist – nämlich ein Hund, der nach den Regeln seiner Art glücklich leben möchte.
Es ist also sehr wichtig, daß Du lernst, was Dein Spaniel will, was er kann und was er braucht. Alles das – und noch viel mehr – kannst Du aus diesem Buch erfahren; und mit diesem Wissen wird es Dir bestimmt gelingen, der beste Freund Deines Spaniels zu werden. Er wird es Dir durch Treue und mit Zuneigung danken.
Und nun wünschen wir allen Lesern guten Erfolg bei der Verwirklichung einer harmonischen Gemeinschaft zwischen Mensch und Hund.

Evamaria Ullmann
Hans J. Ullmann

Überlegungen vor der Anschaffung

Ist ein Spaniel der richtige Hund für Sie?

Bevor Sie sich endgültig dazu entschließen, einen Spaniel anzuschaffen, sollten Sie sich erst einmal über Wesen, Haltung und Pflege dieses Hundes informieren. Wer sich ein Auto kaufen will, macht sich ja auch vorher die Mühe, etwas über das spezifische Verhalten, den Kraftstoffbedarf und die Wartung des in Frage kommenden Typs in Erfahrung zu bringen. Allerdings: Wenn Sie nur einen kurzen »Probelauf« mit dem neuen Spaniel unternehmen, haben Sie noch nicht viel über die besonderen Eigenschaften dieser Hunderasse erfahren, denn ein Lebewesen ist doch sehr viel komplizierter als die technisch aufwendigste Maschine.
Nehmen Sie also diesen Ratgeber schon rechtzeitig zur Hand, damit Sie – und natürlich auch Ihre Familie – eine klare Vorstellung davon gewinnen können, wie sich das Zusammenleben mit dem neuen Hausgenossen künftig gestalten wird. Beraten Sie sich miteinander, ob ein Hund dieser Rasse auch wirklich gut zu Ihnen und Ihren Interessen paßt, denn nach dem Kauf ist es dann für solche Überlegungen zu spät.
Bedenken Sie bitte auch, daß Sie eine Gemeinschaft eingehen wollen, die viele Jahre des Zusammenlebens bedeutet. Ein Spanielleben umspannt immerhin etwa 12 bis 14 Jahre. (Ich habe sogar schon einen sechzehnjährigen Cocker getroffen, der noch erstaunlich rüstig war.) Möglicherweise unterschätzen Sie auch die notwendige Mühe und den Zeitaufwand für die Fellpflege, die so ein Langhaariger regelmäßig braucht. Dann sollten Sie sich doch lieber nach einem Angehörigen der kurzhaarigen – und daher etwas »pflegeleichteren« – Rassen umsehen. Oder: Sie hätten sich statt eines verspielten Schmusers eigentlich einen Wachhund, einen »achtunggebietenden Leibwächter« erhofft. Ein Schäferhund oder Dobermann würde dann wahrscheinlich besser zu Ihnen passen.
Haben Sie dies alles gut überlegt und vielleicht schon einen Entschluß gefaßt, dann denken Sie bitte auch noch daran, wie und wo das Tier gut unterzubringen ist, wenn Sie einmal verreisen, wenn Sie auf Urlaub sind. Es ist ja leider nicht bei allen Reisen möglich, einen Hund mitzunehmen; und nicht jeder hat das Glück, gute Freunde oder Nachbarn zu haben, die den daheimgebliebenen Vierbeiner gern in Pflege nehmen und gut betreuen. Als letzter Ausweg bleibt die Unterbringung in einer Tierpension, die aber bei besonders sensiblen Hunden Probleme, wie beispielsweise Futterverweigerung, aufwerfen kann.
Was Sie vor der Anschaffung eines jungen Hundes unbedingt noch wissen müssen: Kaufen Sie keinen Welpen ohne Impfpaß, und lassen Sie Hund und Impfpapiere sofort vom Tierarzt begutachten! Nur so können Sie sicher sein, daß Ihr Welpe ordnungsgemäß geimpft worden ist. Der Tierarzt sagt Ihnen dann auch, wann eine Nachimpfung erforderlich wird.

Die wichtigsten Voraussetzungen für die Haltung

Damit einem harmonischen Verhältnis zwischen Mensch und Hund von vornherein nichts im Wege steht und beiden Teilen nie wieder gutzumachende Enttäuschungen erspart bleiben, sollten alle »werdenden Spanielbesitzer« die wichtigsten Voraussetzungen zur Haltung eines solchen Hundes kennen. Dabei sind natürlich auch Wohnverhältnisse,

Überlegungen vor der Anschaffung

Gewohnheiten und die berufliche Tätigkeit des Hundehalters von nicht geringer Bedeutung. Dennoch möchte ich sagen – ob Sie alleinstehend sind, oder mit einem Partner – mit oder ohne Kindern – in einer Mietwohnung oder im Eigenheim leben: Ein Spaniel kann sich grundsätzlich in jede geordnete Menschengemeinschaft gut einfügen, vorausgesetzt, daß seinem angeborenen und nur schwer unterdrückbaren Temperament genügend Gelegenheit zum Ausleben gegeben wird.

Mitten in der Großstadt sollten Sie allerdings nicht wohnen, es sei denn, Sie könnten ohne größere Schwierigkeiten ein geeignetes Auslaufgebiet für Ihren Hund erreichen. Ein Garten wäre zwar von Vorteil, aber kein Ersatz für das vom Spaniel geforderte, intensive Bewegungspensum, das er erst als Mitläufer in Ihrer Begleitung (also als »Rudelgenosse«) so richtig entfalten kann.

Haben Sie eine kleinere Wohnung, oder sind in Ihrer näheren Umgebung die Auslaufmöglichkeiten für den Hund sehr beschränkt, sollten Sie sich vernünftigerweise für einen der Zwergtypen entscheiden, denn der Bewegungsdrang eines kleinen Cavalier King-Charles-Spaniels ist natürlich nicht so stark ausgeprägt wie beispielsweise beim Cocker.

Daß das Hobby »Hund« täglich mindestens zwei Stunden Zeit erfordert, daß auch viel Geduld für Pflege und Erziehung aufgebracht werden muß, sollte jedem Hundehalter klar sein und zur Selbstverständlichkeit werden. Ein Spaniel braucht von alledem eher noch ein bißchen mehr als Hunde anderer Rassen. Seine Wunschliste, oder besser gesagt, die Aufzählung der zehn wichtigsten Forderungen, denen sein zukünftiges Herrchen oder Frauchen gewachsen sein muß, sieht daher so aus:

Ein Spanielbesitzer sollte . . .

1. sich schon beizeiten um das nötige Wissen und Verständnis bemühen, das er braucht, um von seinem Hund als »Rudelführer« voll respektiert zu werden.
2. weder zu ängstlich oder nervös, noch zu laut oder zu derb sein.
3. kein »Diktator«, sondern ein liebevolles Herrchen (oder Frauchen) sein, das sich aber nicht durch Bitten und Betteln von seinen Erziehungsgrundsätzen abbringen läßt.
4. nicht gerade ein allzu strenger Ordnungs- und Sauberkeitsfanatiker sein.
5. auch seinen Kindern die Grundregeln für den richtigen Umgang mit einem Hund (→ Seite 27) beibringen.
6. seinem Hund nicht zumuten, täglich acht Stunden allein zu Hause verbringen zu müssen.

Wichtigste Frage vor der Anschaffung: Haben Sie auch genügend Zeit für einen Hund?

Oben: Amerikanischer Cocker Spaniel und Sussex ▷ Spaniel.
Unten: Irish Water Spaniel und Clumber Spaniel.

7. täglich mindestens eine Stunde (besser zwei!) mit seinem Hund spazierengehen, egal ob's regnet oder schneit.
8. stets auf eine gesunde, ausgewogene und nicht zu kalorienreiche Ernährung achten.
9. gute Freunde, Verwandte oder Nachbarn haben, die das Tier gern betreuen, falls er einmal ohne Hund verreisen muß.
10. in der Lage sein (außer den Aufwendungen für Hundesteuer, Haftpflichtversicherung und Tierarzt), die festen Kosten von monatlich etwa DM 100,– aufzubringen.

Sich für einen Spaniel-Rüden entscheiden, heißt Geduld aufbringen für die Umwege und Aufenthalte beim »Gassigehen«.

Wenn Sie mindestens die ersten drei und die letzten fünf Anforderungen erfüllen können (und keinen Mietvertrag haben, der die Haltung von Haustieren verbietet!), dürfen Sie getrost den Eintritt in den Kreis der »qualifizierten Spanielbesitzer« wagen.
Falls Sie schlechter abschneiden und gar den Forderungen 6, 7 und 10 nicht gerecht werden können, muß ich Ihnen von der Anschaffung eines Hundes dringend abraten. Überlegen Sie einmal, ob Sie sich nicht einem genügsameren Haustier (beispielsweise Wellensittich oder Goldfisch) zuwenden könnten.
Für alle siegreich aus dieser »Auslese« Hervorgegangenen noch einmal ganz deutlich: Erst wenn Sie sich klar darüber geworden sind, daß Ihnen die Anschaffung eines Spaniels nicht nur Freude bringen, sondern auch Verantwortung auferlegen und gewiß einige Zugeständnisse an Ihre eigene Bequemlichkeit abverlangen wird, wirklich nur dann sollten Sie sich zum Kauf entschließen.

Fragen zur Wahl des Hundes

Hündin oder Rüde

Zukünftige »Herrchen« und »Frauchen« fühlen sich vor das gleiche Problem gestellt wie zukünftige Eltern: »Junge oder Mädchen?« Diese wichtige Frage, die Eltern dem Schicksal überlassen müssen, kann vom Hundehalter bei der Auswahl seines »Wunschkindes« natürlich selbst entschieden werden. Da es keinen wirklich triftigen Grund gibt, eines der Geschlechter vorzuziehen und das andere abzulehnen, möchte ich Ihnen raten, sich Ihrer Vorliebe entsprechend zu entscheiden.
Zwar wird vielfach behauptet, Hündinnen fühlten sich mehr zu ihrem Herrchen und Rüden mehr zum Frauchen hingezogen, aber darauf sollten Sie sich nicht verlassen. (Unser Cocker »Amigo« ließ kaum Unterschiede bei der Verteilung seiner Gunst erkennen. Er hing gleichermaßen an meiner Frau wie an mir.) Es stimmt auch nicht, daß Hündinnen grundsätzlich zärtlicher sind als Rüden. Es gibt ebenso streitsüchtige Weibchen, wie gut-

◁ Welsh Springer Spaniel aus deutscher Zucht.

mütige Rüden. Tiere – und nicht zuletzt die Spaniels – sind Individuen, die man nicht über einen Kamm scheren kann.

Sich für einen Rüden entscheiden, heißt: Sie müssen etwas mehr Geduld beim »Gassigehen« haben! Der männliche Vierbeiner braucht ausreichend Zeit zum Schnüffeln. Er hebt sehr oft das Bein, um sein Revier zu kennzeichnen. Wenn er den Geruch einer läufigen Hündin wahrnimmt, müssen Sie wieder Geduld mit ihm haben und Verständnis aufbringen für sein unruhiges, vom Vermehrungstrieb bestimmtes Verhalten. Nach ein paar Tagen wird er sich dann wieder beruhigen.

Sich für eine Hündin entscheiden, heißt: Sie müssen darauf gefaßt sein, daß der weibliche Vierbeiner zweimal im Jahr für einige Tage läufig – (Geschlechtstrieb der Hündin, auch »Hitze« genannt → Seite 30) – sein wird. Wenn Nachwuchs vermieden werden soll, müssen Sie sehr gut auf Ihre Hündin aufpassen!

Antibaby-Spritzen (Hormoninjektionen) sind zur regelmäßig wiederholten Anwendung nicht zu empfehlen, da bei mehrmaliger Impfung Hormonstörungen mit ernstzunehmenden Gesundheitsschäden nicht auszuschließen sind (→ Seite 31). Aufdringliche Rüden lassen sich mit Desodorierungsmitteln recht gut fernhalten. Trotzdem müssen Sie während dieser Zeit auf Schritt und Tritt mit diesen »Liebhabern« Ihrer Hündin rechnen.

Sie sehen: Ob Rüde oder Hündin – Geduld und Verständnis müssen Sie für beide gleichermaßen aufbringen.

Wer nur deshalb eine Hündin wählt, um einmal erleben zu können, wie das ist, wenn sie Junge bekommt, der sei gebeten, dieses verantwortungsvolle Vorhaben besser den wirklich erfahrenen und von den Hundeklubs empfohlenen Züchtern zu überlassen. An solchen ist kein Mangel und an Hundebabys erst recht nicht.

Welpe oder ausgewachsener Hund?

Auch die Entscheidung dieser Frage liegt allein in Ihrem Ermessen.

Für die Wahl eines Welpen spricht das wundervolle Erlebnis, ihn heranwachsen zu sehen. Welch große Freude, die allmähliche Entwicklung vom tollpatschigen Hundebaby bis zum fast alles »verstehenden« Lebensbegleiter miterleben zu dürfen! Das Aufziehen eines Junghundes erfordert allerdings auch ein gerüttelt Maß an Mühe, Zeit und Geduld.

Für die Wahl eines ausgewachsenen Hundes spricht wohl vor allem Ihr gutes Herz. So mancher plötzlich herrenlos gewordene Hund sehnt sich nach einem Menschen, der ihn liebevoll betreut, und nach einem guten Platz. Sie können es in Zeitungsannoncen lesen oder in den Augen vieler Tierheim-Insassen. Nicht selten sind auch echte Spaniels darunter. Wenn Sie einem so bedauernswerten Geschöpf wieder zu einem glücklichen Dasein verhelfen wollen, tun Sie nicht allein für das Tier etwas Gutes, sondern sehr wahrscheinlich auch für sich selbst. Die rührende Dankbarkeit solcher von Einsamkeit erlöster Hunde äußert sich nämlich zumeist in besonders inniger Zuneigung und Treue zu dem neuen Herrn. Nach seiner Eingewöhnung wird sich der erwachsene Hund schließlich ganz auf Sie und Ihre Gewohnheiten eingestellt haben.

Reinrassiger Spaniel – Spanielmischling?

Wem es nicht unbedingt darum geht, einen rassereinen Spaniel mit einer möglichst langen Ahnentafel möglichst hochprämiierter

Vorgänger vorweisen zu können – und wer keine Ambitionen hat, seinen Hund auf Ausstellungen zu führen –, der kann auch mit einem Mischling (wie beispielsweise »Spanielspitz« oder »Pudelcocker«) glücklich werden. Allerdings liegt hier die Betonung auf *kann,* denn wenn Sie auf einen Mischling unbekannter Herkunft setzen, sind Ihre Erfolgschancen ähnlich wie beim Roulett. Was später einmal aus so einem süßen »Fehltritt-Welpen« werden wird – wer könnte das voraussagen? Möglicherweise wird aus dem Hündchen ein Riese; vielleicht wird es ein besonders kluges Tier. Daß sich Mischlinge nicht selten zu bemerkenswert intelligenten Hunden entwikkeln, müssen selbst die Fachleute zugeben, die sich mit Rassehunden beschäftigen.

Wann und wo kaufen Sie Ihren Hund am besten?

Das »Wann« wird, wenn es sich um ein Hundebaby handelt, eigentlich nur vom richtigen Welpenalter bestimmt. Das heißt: Sie können keinen festen Anschaffungstermin (beispielsweise einen Geburtstag) vorplanen.
Der günstigste Zeitpunkt zum Welpenkauf ist gekommen, wenn ein Wurf junger Hunde etwa acht bis zehn Wochen alt geworden ist. Vorher bedürfen die kleinen Hundekinder unbedingt noch der Fürsorge und Geborgenheit ihrer Mutter. Welpen dieses Alters sind keine Säuglinge mehr; sie haben gerade gelernt, auch schon festere Nahrung aus der Schüssel aufzunehmen, so daß beim Wechsel in die Obhut der neuen Besitzer zumindest keine gravierenden Ernährungsprobleme mehr zu befürchten sind. Wie Sie einen jungen Hund richtig ernähren, erfahren Sie aus der Gewichts- und Kalorientabelle (→Seite 35).

Beim »Wo« kann die Wahl schon zur Qual werden, denn wenn Sie einen Welpen suchen, der – wie der Spaniel – zu den beliebtesten Hunderassen zählt, stoßen Sie auf ein verwir-

Wenn Sie sicher kaufen wollen, dann kaufen Sie Ihren Hund bei einem vom Zuchtverband empfohlenen Spanielzüchter.

rend großes Angebot. Von Züchtern, Zoogeschäften, Tierheimen, durch Zeitungsinserate und vom Versandhandel werden Spaniels verschiedener Rassetypen angeboten.
So vielversprechend all diese Angebote auch sein mögen, schauen Sie sich die Tiere zuerst einmal sehr genau an: Prüfen Sie die Unterbringung und den Zustand der Welpen und möglichst auch der Hündin. Sind alle gesund, entwurmt und vorschriftsmäßig geimpft? (Krankheiten, Störungen und deren Anzeichen → Seite 48). Wenn Sie Wert auf einen wirklich »echten« Spaniel legen, sollten Sie sich auch die Zuchtpapiere (Ahnentafel) vorlegen lassen, denn darin wird vom zuständi-

gen Zuchtverband die Rassereinheit dokumentiert. In Deutschland werden diese Papiere beispielsweise vom Jagdspaniel Klub e. V. (München) ausgestellt. Dieser ist Mitglied im Verband für das Deutsche Hundewesen e. V. (VDH) unter der Dachorganisation der Fédération Cynologique Internationale (FCI).
Selbst wenn Sie sich schon für einen bestimmten Welpen entschieden haben, sollten Sie ihn nicht sofort kaufen. Testen Sie zunächst einmal, ob das Tier nicht etwa an einem Angstkomplex (»Wesensschwäche«) leidet, was bei einem Welpen bereits ab der sechsten Lebenswoche eine nie wieder gutzumachende Verhaltensstörung bedeuten würde. Dazu hocken Sie sich am besten etwa zwei Meter vor dem Welpen auf den Boden, reichen ihm Ihre Hand hin und reden freundlich mit ihm. Sieht das Tier interessiert zu, oder kommt es gar neugierig näher, um mit Ihnen Kontakt aufzunehmen, reagiert es normal. Weicht das Tier sofort ängstlich zurück, um sich möglichst irgendwo zu verkriechen, zeigt dies eine Verhaltensstörung an, die zeitlebens nicht mehr zu beheben ist. Glauben Sie den Verkäufern nicht, die solches Verhalten »bei so jungen Hunden« für ganz normal erklären!
Hat der Welpe Ihrer Wahl diesen kleinen Test bestanden, dann besuchen Sie ihn in einigen Tagen wieder. Reden und spielen Sie ein wenig mit ihm und streicheln Sie sein Fell, damit er zu Ihnen Vertrauen fassen und sich allmählich an Sie gewöhnen kann. So helfen Sie dem Tier, die Umstellung auf seine neue Umgebung leichter zu verkraften.
Zwar sind die meisten Züchter und auch Zoohändler ehrlich darum bemüht, ihre Tiere nach bestem Fachwissen zu hegen und zu pflegen, um sie schließlich guten Gewissens in die Obhut eines Tierfreundes entlassen zu können; leider aber gibt es auch unter ihnen gewissenlose Geschäftemacher, für die ein Hund eben nur eine Ware ist. »Augen auf beim Hundekauf!« lautet der Werbespruch einer Hundefarm – man kann ihn gar nicht genug unterstreichen. Dazu 3 wichtige Tips:

- Kaufen Sie nie einen Hund im Versandhandel! Diese armen, in Kisten und Kästen herumgestoßenen Tiere sind nicht selten durch den Transport geschädigt oder sogar verhaltensgestört.
- Meiden Sie die »Hundefabriken« der gewerblichen Großzüchter, die ständig sehr viele Hunde, meist auch noch verschiedener Rassen »auf Lager« haben! Suchen Sie sich einen bescheideneren, vom Zuchtverband empfohlenen Züchter. Aber auch gewissenhaft geführte Zoogeschäfte, zu denen man die Zooabteilungen namhafter Kaufhäuser rechnen darf, werden Ihnen gern ein Jungtier von einem seriösen Züchter besorgen.
- Lassen Sie sich nicht von »günstigen Gelegenheiten« oder Billigangeboten blenden!

Als nächstes stellt sich die Frage: Welchen Spanieltyp wünschen Sie sich? Damit die Wahl nicht zur Qual wird, finden Sie hier in übersichtlicher Form »Steckbriefe« sämtlicher Rassetypen der Spanielfamilie. Grundsätzlich sind alle Spaniels Jagdhunde mit mehr oder weniger Apportier- und Stöbereigenschaften. Hiervon ausgenommen sind nur einige wenige mit asiatischen Hunderassen vermischte Arten, die ebenfalls zum Sammelbegriff »Spaniels« gehören.
Alle aufgeführten Typen sind anerkannte, eigenständige Rassen. Um eine einheitliche Beurteilung möglich zu machen, hat der FCI als höchste Instanz aller nationalen Hunde-Fachverbände für das Erscheinungsbild jeder dieser Rassen eine Standardnorm festgelegt, die hier in zusammengefaßter Form wiedergegeben wird. (Adressen → Seite 69.)

Katalog der Spaniel-Rassetypen

Erklärung der wichtigsten Fachbegriffe
Hier die Erläuterung einiger Begriffe, die zur Hunde-Fachsprache gehören und daher in den nachfolgenden Texten immer wieder auftauchen:

Abzeichen	= Farbflecken im Haarkleid des Hundes.
Behänge	= Hängeohren.
black and tan	= schwarz- und lohfarbig.
Befederung	= halblange Fransenbehaarung an der Hinterseite der Läufe.
Fahne	= lange, herabhängende Behaarung.
Fang	= Die Hundeschnauze mit Lefzen und Mundhöhle.
kupieren	= Bei den Spaniels: Das Stutzen (Verkürzen) der Rute nach den Vorschriften der einzelnen Rassetypen. Ursprünglich, um die Jagdhunde beim Stöbern im dichten Unterholz vor Verletzungen zu bewahren.
Läufe	= Vordere und hintere Gliedmaßen des Hundes.
Rute	= Der Hundeschwanz.
strippen	= Das vorsichtige Auszupfen allzu reichlichen Fellhaares, vor allem der überschüssigen, toten Haare.

Steckbriefe der Jagdspaniels

Brittany Spaniel (Bretonen Spaniel)

Der in den USA gezüchtete und dort wie auch in Frankreich sehr verbreitete Apportier- und Stöberhund hat unter anderem auch Wachtelhund- und Setterblut in den Adern; und ist eigentlich mehr ein Setter als ein Spaniel. Er wird zur Enten- und Hasenjagd verwendet und gilt als der schnellste Vorstehhund. Bei der Jagd ist der Brittany Spaniel mutig, zäh und ausdauernd, sonst aber eher von sanfter Wesensart.
Da er nur mittelgroß, sehr kinderfreundlich und zudem ein guter Wächter ist, kann er auch in Stadtwohnungen gehalten werden. Es muß ihm dann allerdings die nötige Bewegung durch genügend täglichen Auslauf gewährt werden.
Schulterhöhe: 44 bis 52 cm beim Rüden, 47 bis 49 cm bei der Hündin.
Haare: dicht, glatt und gewellt, jedoch nicht gelockt und so fein wie bei anderen Spanielarten.
Farben: weiß mit orange- oder lederfarbenen Flekken, oder Rotschimmelfarbe (wie beim Wachtelhund). Die Nase ist braun bis dunkelrosa gefärbt mit weißen Flecken.

Clumber Spaniel

Ein massiv gebauter, niederläufiger Typ der englischen Jagdspaniels, der durch Einkreuzung von französischen Bassets entstand.
Der Clumber hat ein durchaus ruhiges Wesen, das nicht nur der Jäger eines sehr wildreichen Reviers, sondern auch der private Hundehalter in seiner Wohnung zu schätzen weiß.
Schulterhöhe: 42 bis 45 cm.
Haare: dicht, seidig und glatt.
Farben: reinweiß mit zitronengelben oder auch orangefarbenen Abzeichen.

Cocker Spaniel amerikanischer und holländischer Zuchtrichtung

Die beiden aus dem »Cocker Spaniel der englischen Zuchtrichtung« entwickelten Rassetypen unterscheiden sich von dieser vor allem in Größe und Gestalt. Der amerikanische Typ ist kleiner und hebt sich durch seine leicht gerundete Schädelform mit den ausgeprägten Augenbrauen deutlich von der englischen Zuchtrichtung ab. Sein besonders an den Läufen und am Unterbauch üppigeres Haarkleid erfordert auch mehr Aufwand an Pflege. Regelmäßiges Trimmen ist notwendig.
Schulterhöhe: beim Rüden nicht über 39,5 cm, bei der Hündin nicht über 36,5 cm.

Katalog der Spaniel-Rassetypen

Haare: die Kopfhaare sind fein und kurz, die Körperhaare seidig, glatt und wenig gewellt. An den Läufen volle Befederung.
Rute: nicht zu kurz kupiert und in Verlängerung der Rückenlinie getragen.
Farben: einfarbig schwarz, rot oder blond, auch mit etwas Weiß an Brust und Hals, sowie black and tan.

Cocker Spaniel englischer Zuchtrichtung

Der ursprünglich für die Feder- und Niederwildjagd in England gezüchtete Hund ist heute der in Europa am stärksten verbreitete Spanieltyp.
Obwohl der englische Cocker, dank seiner ursprünglichen Eigenschaften als passionierter Wasser- und Stöberhund, bei den Jägern seit einigen Jahren wieder größeres Interesse findet, hat er sich noch mehr als attraktiver und angenehmer Haus- und Wohngenosse durchgesetzt. Er ist kinderlieb, anschmiegsam und sehr sensibel.
Achtung: Seine ungehemmte Freßlust kann bei unkontrollierter Fütterung zur Verfettung führen!
Schulterhöhe: beim Rüden 39 bis 41 cm, bei der Hündin 38 bis 39,5 cm.
Haare: mittellang, glatt und seidig anliegend, Läufe gut befedert. Behänge tief angesetzt, seidig, langbehaart.
Rute: tief angesetzt, nicht zu kurz kupiert und in Verlängerung der Rückenlinie getragen.
Farben: einfarbig schwarz oder rot, schwarz mit roten Abzeichen (black and tan) oder schwarz-weiß, orange-weiß, schwarz-weiß mit Loh sowie Orange-, Braun- oder Blauschimmel und Blauschimmel mit Loh.
Regelmäßige Fellpflege ist unerläßlich. Sobald der Haarwuchs des Cockers zu kräftig geworden ist, muß »gestrippt« (→ Seite 14) werden.

Field Spaniel

Der speziell für die Niederwildjagd gezüchtete Stöberhund ist eine Mischung aus Cocker-, Springer- und Sussex Spaniel. Er ist, ebenso wie seine nahen Verwandten, ein angenehmer Haus- und Wohngenosse. Seine Behänge sind tief angesetzt, mäßig lang und schön befedert. Wegen seiner niedrigen Läufe hat der Field Spaniel einen etwas lang wirkenden kräftigen Rumpf.
Schulterhöhe: 45 cm.
Haare: nicht zu kurz, seidig glänzend und nur sehr wenig gewellt. Brust- und Bauchbehaarung etwas länger und kraus.
Rute: tief angesetzt, auf $1/3$ kupiert und leicht hängend getragen.
Farben: schwarz, rötlichgrau, mahagonirot, goldbraun und leberfarben.

English Springer Spaniel

Der hochläufigste unter allen Landspaniels gehört zu den ältesten englischen Stöberhunden und wurde bereits im Mittelalter zur Beizjagd eingesetzt. Sein Name bezieht sich auf das sprunghafte Hervorstoßen beim Einholen der Jagdbeute. Er ist ein sehr schneller und ausdauernder Apportierhund, der aber auch gut als Familienhund in der Wohnung gehalten werden kann.
Schulterhöhe: etwa 51 cm.
Haare: dicht anliegend, leicht gewellt, wetterfest aber nicht grob. Ohrenbehang mittellang.
Rute: kupiert und waagerecht getragen.
Farben: weiß mit schwarzen oder leberbraunen Tupfen und Platten, auch mit lohfarbigen Abzeichen sowie alle anerkannten Spanielfarben (außer den Nuancen der Water- und Zwergspanielarten). Nase schwarz oder leberfarben.

Welsh Springer Spaniel (»Starter«)

Der aus Wales stammende, etwas niedrigere Springer Spanieltyp unterscheidet sich von seinem englischen Bruder hauptsächlich durch folgende Merkmale:
Schulterhöhe: ca. 43 cm.
Haare: dicht und seidig, jedoch nicht zu stark gewellt. Ohren kürzer als bei anderen Spaniels.
Farbe: sattes Dunkelrot mit Weiß. Nase dunkel oder fleischfarben.

Katalog der Spaniel-Rassetypen

Sussex Spaniel

Ein in der englischen Grafschaft Sussex gezüchteter Spanieltyp, eine Kreuzung aus Clumber Spaniels und Laufhunden. Er ist als schneller Stöberhund zur Jagd im dichten Unterholz des Waldes ausgezeichnet geeignet. Seine Abrichtung bereitet allerdings mehr Mühe als die des Clumber Spaniels.
Im übrigen ist der Sussex Spaniel sehr treu und verspielt, kann jedoch gegen andere Hunde gelegentlich auch streitsüchtig und bissig sein.
Schulterhöhe: 38 bis 41 cm.
Haare: reichlich gewellt mit betonter Halskrause. Ohrenbehang sehr lang.
Rute: kupiert, etwa 13 bis 18 cm lang.
Farben: leber-goldfarbig mit goldschimmernden Haarspitzen. Nase leberfarben.

American Water Spaniel (»Boykin Spaniel«)

Vermutlich eine Kreuzung zwischen dem größeren Irish Water Spaniel und dem kraushaarigen Curly Coated Retriever. Hervorragender, schwimmfreudiger Stöber- und Apportierhund, der jedoch nicht vorsteht, sondern das Wild nur anspringt. Für die Feder- und Niederwildjagd geeignet.
Weitere Eigenschaften: Zuverlässiger Wächter, angenehmer Familienhund, sehr unternehmungslustig und anhänglich.
Schulterhöhe: 38 bis 45 cm.
Haare: dicht gelockt und weich, an den Läufen lockig befedert.
Augen: dunkelbraun oder haselnußbraun.
Ohren: breitgelappt, wenig über Augenhöhe angesetzt, dichtgelockt und bis zur Nasenspitze reichend.
Rute: mäßig lang, leicht gebogen und wenig unter Rückenlinie getragen.
Farben: rot oder schokoladenbraun, manchmal mit kleinen weißen Abzeichen an Brust und Zehen.

Irish Water Spaniel

Ein schwimmbegeisterter, leidenschaftlicher Federwildjäger, der schon seit Generationen gezüchtet wird, dessen Rasseherkunft jedoch bis heute noch nicht ganz geklärt ist. Außer in seiner Heimat England und Irland ist dieser sehr intelligente und gehorsame Hund auch in den skandinavischen Ländern sehr beliebt, während man ihm auf dem europäischen Kontinent nur recht selten begegnet.
Der Irish Water Spaniel, von dem es heißt, er sei der Clown unter den Spaniels, hat ein wenig Ähnlichkeit mit dem Pudel und ist auch ein anhänglicher, sehr folgsamer Haushund.
Schulterhöhe: 51 bis 58 cm.
Haare: dicht gekräuselte Ringellocken, über der Stirn ein bis zwischen die Augen reichender Schopf.
Ohren: sehr lang, eng anliegend und üppig gelockt.
Rute: nur teilweise lockig behaart; etwa 10 cm vom Ansatz ab fast haarlos.
Farben: dunkelleber- bis purpurfarben.

Weitere Einzelheiten über Jagdspaniels erfahren Sie beim *Jagdspaniel Klub e. V.* (→ Seite 69).
Alle übrigen, in Frankreich mit »Epagneul« bezeichneten Rassen sind zwar teilweise mit Spaniels gekreuzt, werden aber zu den Vorstehhunden gerechnet.

Steckbriefe der Toy Spaniels
(Zwergspaniels)

Gruppe der englischen Zwergspaniels

- King-Charles Spaniel (nach Charles I. benannt)
- Prince-Charles Spaniel
- Cavalier King-Charles Spaniel
- Ruby Spaniel
- Blenheim Spaniel

Katalog der Spaniel-Rassetypen

Es gibt fünf voneinander abweichende Typen dieser Zwergspanielgruppe, die durch Einkreuzung kleinerer Rassen, zum Beispiel Möpsen oder Japan-Chins, in England gezüchtet wurden. Allen gemeinsam ist der relativ große Rundkopf mit dem fülligen Ohrenbehang, das seidenweiche Fellhaar, sowie ihr anschmiegsames, sehr sanftes und verständnisvolles Wesen.
Die im letzten Jahrhundert in England noch zur Jagd verwendeten Zwergspaniels sind heute ausschließlich Luxushunde. Durch ihre »handliche« Größe und ihr genügsames Wesen sind sie auch in kleineren Wohnungen noch gut zu halten.
Schulterhöhe: 26 bis 32 cm.
Haare: seidig, lang und nur leicht gewellt.
Rute: kupiert, lang befedert und waagerecht getragen. Die Unterschiede der einzelnen Toy Spaniel-Typen sind hauptsächlich in der Farbgebung ihrer Haarkleider zu erkennen.
Farben:
King-Charles Spaniel: glänzend schwarz mit lohfarbenem Brand.
Prince-Charles Spaniel: perlweiß mit tiefschwarzen Platten und rotbraunen Abzeichen. Kopf mit weißer Blesse.
Cavalier King-Charles Spaniel: einfarbig leuchtend rot oder perlweiße Grundfarbe mit kastanienbraunen Abzeichen sowie black and tan.
Ruby Spaniel: einfarbig kastanienbraun ohne jedes Abzeichen.
Blenheim Spaniel: perlweiß mit gelbroten oder kastanienbraunen Platten. Kopf mit weißer Blesse und möglichst mit rotem Fleck auf der Schädelmitte.

Papillon (Französisch-belgischer Zwergspaniel)

Der in Frankreich und Belgien gezüchtete Typ, auch »Schmetterlingshündchen« genannt, stammt von den bereits im 13. Jahrhundert bekannten, ursprünglich langschädeligen Zwergspaniels ab. Es gibt einen stehohrigen und einen hängeohrigen Schlag.
Schulterhöhe: 20 bis 28 cm.
Haare: seidig und üppig.
Farben: Grundfarbe weiß mit verschiedenfarbigen Flecken und Platten.
Ein sehr wachsamer und bescheidener Wohngenosse.

Mehr über Zwergspaniels erfahren Sie beim *Verband Deutscher Kleinhundezüchter e. V.* (→ Seite 69).
Zum Abschluß noch einige Spaniels, die etwas »aus der Art geschlagen« sind:

Tibet Spaniel

Er stammt aus einem ganz anders gearteten Schlag und aus einem fernen Bereich. Er hat trotz seines Namens nichts mit den übrigen Spaniels gemein, die – im Gegensatz zu ihm – alle das Blut von Jagdhunden in ihren Adern haben.
Ursprünglich von tibetanischen Mönchen gezüchtet und zum Antreiben der Gebetsmühlen eingesetzt, wurde der Tibet Spaniel später zum Luxushund. Bei uns ist er auch heute noch sehr selten. Er entstand aus der Kreuzung zwischen Lhasa Apso und Pekinese und ist ein treuer, ruhiger, auch in der Stadtwohnung gut zu haltender Hund.
Schulterhöhe: 24 bis 28 cm.
Haare: ziemlich dicht anliegend mit feiner Unterwolle. Mähne über Hals und Schultern. Leichtbefederte Hängeohren.
Rute: als geschwungener Federbusch über den Rücken gerollt.
Farben: einfarbig schwarz, gold oder rehbraun, auch schwarz und lohfarben sowie weiß oder cremefarben.

Auch der **Japan-Chin** und der **Pekinese** gehören zur asiatischen Zwergspanielgruppe, über die Sie weitere Einzelheiten beim *Internationalen Klub für tibettische Hunderassen e. V.*, beziehungsweise beim *Internationalen Club für Japan Chin und Peking-Palasthunde e. V.* (→ Seite 69) erfahren können.

Ausstattung und Unterbringung

So harmonisch kann ▷ das Einvernehmen zwischen Hund und Kind sein. Im Bild: Stephan und sein Cocker Spaniel.

Noch bevor der zukünftige »Wohngenosse« bei Ihnen einzieht, wird ein Gang ins Fachgeschäft für Hunde-Zubehör unerläßlich sein. Dort finden Sie alles, was Sie für die Haltung und Pflege des Hundes brauchen. Aber nicht alles, was feilgeboten wird, ist auch nützlich und unbedingt notwendig. Das Geschäft mit

Für den temperamentvollen und ungestüm ziehenden Spaniel hat sich in der Lernphase das Brustgeschirr bewährt.

den Hundehaltern (in Deutschland, Schweiz und Österreich sind es zusammen etwa 4 Millionen!) verleitet viele Hersteller auch zur Produktion einer Menge unnötiger Artikel. Damit Sie sich beim Einkauf auf das Wichtigste beschränken können, empfehle ich Ihnen, sich nach der Checkliste für die Hunde-Ausstattung (→ Seite 18) zu richten.

Halsband oder Brustgeschirr?

Zuvor noch ein Wort zu dieser umstrittenen Frage.
Ein Brustgeschirr empfiehlt sich besonders für den Spanielwelpen. Sein jugendlicher Vorwärtsdrang ist zunächst nicht aufzuhalten; auch nicht mit einem Halsband, das dem armen Kerlchen dabei langsam die Kehle zuschnürt.
Daß für den noch ungestümen Junghund ein Brustgeschirr besser geeignet ist, haben meine Frau und ich leider auch erst erkannt, nachdem das Malheur schon passiert war: Der geplante erste, größere Ausgang mit unserem Cockerwelpen endete mit einem Schock für uns alle. Kaum hatten wir das Gartentor hinter uns geschlossen, sank unser kleiner Amigo – zuerst nach Luft ringend und dann ohnmächtig – ins Gras. Das Halsband hatte seine stürmische Freude auf den gemeinsamen Spaziergang im wahrsten Sinne des Wortes abgewürgt. Aber kein Schaden ohne Nutzen: Amigo bekam ein Brustgeschirr und das Problem war gelöst.
Wer der Meinung ist, daß die elegante, rassige Linie seines Hundes durch ein Brustgeschirr zu sehr beeinträchtigt wird, kann ja immer noch ein Halsband anschaffen, sobald der »ständige Begleiter« erwachsen und schon folgsamer geworden ist.

Checkliste für die Hunde-Ausstattung

- Brustgeschirr, wie soeben besprochen.
- Hundeleine (normale Länge) zum Ausführen.
- Lange Leine (gibt es auch mit Aufrollautomatik) für die größeren Spaziergänge und besonders für die Erziehung des Junghundes.

◁ Oben: Cavalier King-Charles Spaniel und Papillon.
Unten: King-Charles Spaniel (Ruby) und Tibet Spaniel.

- Maulkorb ist Pflicht in Tollwut-Schutzgebieten. Außerdem brauchen Sie ihn auf Reisen und eventuell beim Tierarzt.
- Schlafkorb (so lang, daß Ihr *ausgewachsener* Hund sich darin auch einmal richtig ausstrecken kann!). Überdachte Körbchen mögen Hunde gern, die offenen lassen sich jedoch leichter sauberhalten.
- Unterlage, die wärmend, aber nicht zu weich sein sollte. Die Zoohandlung oder das Hundefachgeschäft wird Sie gern beraten. Notfalls genügt auch eine Decke. Nur sollten Sie unbedingt darauf achten, daß die Unterlage leicht zu reinigen ist!
- Futterschüssel. Sie brauchen gleich zwei, denn ein Napf mit frischem Wasser sollte ja auch ständig bereitstehen. Für Langohren wie Spaniels gibt es Spezialschüsseln, die sich nach oben verjüngen, so wird verhindert, daß die so liebevoll gepflegten Ohren bei jeder Mahlzeit in das Futter hängen. Sehr nützlich und praktisch ist ein Gestell, in dem zwei Näpfe nebeneinander Platz haben. Da die Gefäße etwas erhöht stehen, ist dem Hund eine bequeme Nahrungsaufnahme möglich.
- Metallkamm und Bürste. Wenn der Fachhändler weiß, daß Ihre Anschaffungen für einen Spaniel bestimmt sind, wird er Ihnen auch die für diese Rasse am besten geeigneten Fellpflege-Instrumente anbieten. (Für Spaniels ist der »Sprattsche Kamm Nr. 6« besonders geeignet.) Bis Ihr Welpe sein Babyfell wechselt (etwa nach dem 9. Lebensmonat), brauchen Sie nichts anderes als Kamm und Bürste.

Schlafplatz und Futterplatz

Jeder Hund braucht einen ständigen Lagerplatz, den ihm niemand streitig macht. Diesen Anspruch müssen wir berücksichtigen. Wir Menschen wollen ja auch nicht auf unser Bett oder auf unseren Sessel verzichten. Wählen Sie für den Standort des Hundekörbchens einen möglichst ruhigen und vor Zugluft geschützten Platz, von dem aus der vierbeinige Hausgenosse aber auch beobachten kann, was um ihn herum vor sich geht. Der Spaniel ist ungern allein – und schließlich gehört er ja nun zur Familie.
Auch die Fütterung sollte immer am gleichen Platz vorgenommen werden – am zweckmäßigsten dafür sind Küche oder Badezimmer. Da diese Räume heute meistens gefliest und daher leicht sauberzuhalten sind, ist es nicht schlimm, wenn einmal etwas Futter am Boden verkleckert wird.
Bedenken Sie, daß sich Hunde, mehr noch als wir Menschen, auf bestimmte Gewohnheiten einstellen. Sie haben ein erstaunlich gutes Zeitgefühl, und sie leiden unter häufigen Veränderungen ihrer »Gepflogenheiten«. In diesem Punkt ist der Cocker Spaniel, wie ich festgestellt habe, ein richtiger kleiner »Spießer«. Man sollte also möglichst alles schon von Anfang an für die Dauer planen!

Wählen Sie als Platz für den Hundekorb eine möglichst ruhige und vor Zugluft geschützte Ecke.

Grundregeln für Haltung und Pflege

Hunde brauchen eine feste Führung. Trotzdem werden sie immer versuchen, die ihnen gesetzten Grenzen zu erkunden und, wenn möglich, zu überschreiten. Entscheiden Sie sich heute so und morgen wieder anders, wird der kleine Hund sofort Ihre Unentschlossenheit wittern und entsprechend ausnutzen. Deshalb sollten Sie sich von Anfang an den wichtigen Grundsatz einprägen:
Konsequenz ist der Schlüssel zur Harmonie zwischen Mensch und Hund!

Lassen Sie es erst gar nicht so weit kommen! Machen Sie ihm von Anfang an klar, daß das Bett Ihr Schlafplatz ist.

Eingewöhnung – die ersten Nächte

In der ersten Nacht schon wird entschieden, wo der Hund sein ständiges Lager haben wird. Falls Sie ihm in der ersten Begeisterung ein kleines Nickerchen auf der weichen Bettdecke zugestehen, wird er immer wieder diesen Platz einnehmen wollen, und Sie werden es schwer haben, ihn davon abzubringen.
Überhaupt kann die erste Nacht zu einer Zerreißprobe für Ihre Nerven werden. Hundebabys benehmen sich ähnlich wie kleine Menschenkinder: Sie schreien, wenn sie sich einsam fühlen. Wer nachgibt und nachschaut, den Kleinen ein bißchen tröstend in den Armen wiegt oder zur Beruhigung füttert, wird bald keine Nacht mehr zur Ruhe kommen.
Hat der Welpe erst einmal entdeckt, daß Herrchen oder Frauchen angerannt kommen, sobald er nur recht kräftig und anhaltend jault, wird er auch in Zukunft immer dieses Erpressungsmittel anwenden. Deshalb sollten Sie sich trotz aller Liebe und Fürsorge nicht von dem kleinen Quälgeist erweichen lassen. Es wird ihm dann bald zu einer selbstverständlichen Gewohnheit werden, daß er nachts allein zu schlafen hat. Damit er sich daran gewöhnen kann, legen Sie ihm irgend etwas, das den Duft von Herrchen oder Frauchen an sich hat (beispielsweise einen ausgedienten Pantoffel) mit in sein Körbchen. Der Kleine, der sich bisher an seine Mutter schmiegen konnte, braucht eben dafür in der Übergangszeit einen geeigneten Ersatz.

Wie wird der Welpe stubenrein?

Noch ist ja der Welpe im Babyalter und muß erst lernen, wann und wo er sich entleeren kann. Das wird natürlich nicht von heute auf morgen gelingen, denn der Kleine muß die Regulierung seiner Bedürfnisse mit der Beherrschung der Schließmuskeln erst fest unter Kontrolle bekommen.
Sollte also einmal ein Malheur dieser Art in Ihrer Wohnung passieren, dann fassen Sie sich bitte in Geduld, denn »eins-hinten-draufgeben« oder gar die Nase des armen Sünders in die Pfütze zu stupsen, sind für das Hunde-

verständnis widersinnige und daher äußerst ungeeignete Erziehungsmethoden.
Vergessen wir nicht: Hundewelpen sind Babys; sie haben Anspruch auf verständnisvolle, behutsame Behandlung. Dazu gehört auch ein wenig Nachsicht, falls in der ersten Zeit doch einmal etwas danebengeht.
Richtig ist: Rufen Sie einmal energisch »pfui!«, tragen Sie den kleinen Übeltäter sofort ins Freie und setzen Sie ihn auf jenem Platz ab, der seinen kleinen und großen Geschäften auch in Zukunft vorbehalten bleiben soll. So ein Geschäft ist immer dann zu erwar-

Das Hundeklo ist immer draußen. Führen Sie den Welpen stets an den gleichen Platz – er wird sich schnell daran gewöhnen.

ten, wenn der Hund gefressen, getrunken oder geschlafen hat, oder wenn er sich am Boden schnuppernd im Kreis zu drehen beginnt. Wenn Sie gleich während der ersten Eingewöhnungstage auf diese Ankündigungszeichen einer bevorstehenden Entleerung immer gut achtgeben und den Welpen stets rechtzeitig zu seinem »Stammplatz« ins Freie bringen, wird es nicht lange dauern, bis er ganz von selbst diesen Weg sucht und Sie darauf aufmerksam macht.
Nach jeder »ordnungsgemäßen« Entleerung (bei Welpen mindestens 6- bis 7mal am Tag) müssen Sie Ihren Hund sehr loben, damit er weiß, daß er es richtig gemacht hat. Auf dieses Lob wird er dann in Zukunft nicht mehr verzichten wollen.
Auch wenn Sie mit Ihrem Spaniel spazierengehen, sollten Sie nicht zulassen, daß er sich mitten auf dem Gehsteig verewigt. Führen Sie ihn gleich von Anbeginn stets zur Seite, damit Sie nicht den berechtigten Unmut der Passanten herausfordern, der sich letztlich gegen alle Hundehalter richten würde. In der Stadt, wo die Straßenränder seltener von Grünstreifen und Bäumen begrenzt sind, wird sich Ihr Hund wohl oder übel mit der Bordsteinkante abfinden müssen. Die geleistete Hundesteuer entbindet in keiner Weise von der Rücksichtnahme auf die Mitmenschen, die ja auch allesamt in irgendeiner Form Steuerzahler sind.

Der Hund darf nicht betteln

Zur richtigen Haltung und zum guten Benehmen Ihres Hundes gehört auch, daß er nicht bettelt, was besonders dem naschsüchtigen Spaniel schwer fällt. Aber wenn Sie auch hierbei ganz konsequent vorgehen, den Hund stets vor Ihrer eigenen Mahlzeit füttern und ihm niemals bei Tisch etwas zustecken, erziehen Sie sich einen vorbildlichen Hausgenossen, den Sie getrost auch mal in eine Gaststätte mitnehmen können, ohne unangenehm aufzufallen.

Grundregeln für Haltung und Pflege

Allgemeine Pflegemaßnahmen

Wer sich für einen Spaniel – beispielsweise für den seidigglänzend behaarten Cocker – entschieden hat, muß wissen, daß er nicht gerade einen »pflegeleichten« Hund bekommt. Schönheit will gepflegt sein, aber auch Hygiene und Wohlbefinden hängen weitgehend von der regelmäßigen »Wartung« ab. Bei einem Spaniel müssen Sie dafür schon allerhand Mühe und Zeit aufwenden.

Fellpflege

Bis zum Haarwechsel Ihres Hundes (das ist etwa im 9. Lebensmonat) sollten Sie nichts anderes als Metallkamm und Bürste (→ Seite 21) verwenden – und zwar möglichst oft! Auch danach muß der Hund mindestens zweimal in der Woche sehr gründlich durchgebürstet und gekämmt werden, denn wenn Sie warten, bis sich die feinen Härchen verfilzt haben, wird die Prozedur für Sie und Ihren Hund zur Qual. Auf keinen Fall mit der

Nur ein gut gepflegter Spaniel ist ein schöner Spaniel. Den standardgemäßen Haarschnitt sollten Sie anfangs im Hundesalon machen lassen.

Schere »herumschnipseln«, besonders dann nicht, wenn Sie noch Anfänger sind!
Damit Ihr Cocker ein dem Standard gemäßes Haarkleid erhält, halte ich es für besser, wenn Sie ihn zunächst erst einmal in einem fachkundigen Hundesalon zurechtmachen lassen. Bis Sie selbst genügend Erfahrung gesammelt haben, steht Ihnen für alle Fragen der standardgemäßen Spaniel-Haarpflege der *Jagdspaniel Klub e. V.* mit seinen Landesgruppen immer gern mit Rat und Hilfe zur Verfügung.

Das Baden

Die einzige Pflegemaßnahme, die Ihnen nur selten Mühe machen wird, ist das Baden. Welpen gehören überhaupt nicht in die Wanne und ausgewachsene Hunde werden nur in größeren Abständen, oder wenn es eben einmal nicht mehr zu umgehen ist, gebadet. Hunde haben ja hin und wieder das Bedürfnis, sich nach ihrem eigenen Geschmack zu »parfümieren«, indem sie sich auf Stellen wälzen, die wir Menschen für äußerst unappetitlich halten. Dann hilft dem »Stinker« nur ein gründliches Bad. Toilettenseife dürfen Sie allerdings nicht verwenden. Besorgen Sie sich im Hundefachgeschäft oder beim Zoohandel ein speziell für das Hundefell geeignetes Schaumbad oder Trockenshampoo. Nach dem Bad müssen Sie den Hund gut abtrocknen und Zugluft vermeiden!

Kontrolle der Augen und Ohren

Es wird Ihnen sicher bald auffallen, daß sich in den Augenwinkeln Ihres Hundes – besonders nach dem Schlafen – kleine Schleimpfropfen bilden; am besten werden sie mit einem sauberen, nicht fusselnden Tüchlein entfernt. Die Ohren des Spaniels, die Behänge, müssen mindestens einmal im Monat gereinigt werden, damit der Gehörgang nicht von überschüssigem Ohrenschmalz verstopft wird. Es muß vorsichtig mit einem in Öl getränkten Wattestäbchen entfernt werden.

Wenn sich Ihr Spaniel im Dreck gewälzt hat, dann hilft nur mit einem Tuch trockenrubbeln oder baden.

Wenn sich Ihr Hund öfter hinter den Ohren kratzt und heftig mit dem Kopf schüttelt, kann eine Entzündung durch Ohrmilben (Ohrenzwang) oder ähnliches vorliegen. Die Behandlung können Sie dann nur dem Tierarzt überlassen (→ Seite 50).

Zahnpflege

Im allgemeinen ist das Zähneputzen beim Hund nicht nötig, denn sein Gebiß reinigt sich auf natürliche Weise, vorausgesetzt, daß Sie ihm nicht ausschließlich weiche Kost geben. Hundekuchen, Kalbsknochen oder solche aus Büffelhaut ersetzen die Zahnbürste. Hat sich aber doch einmal Zahnstein angesetzt, hilft das Abreiben mit einem Wattebausch, der mit 3%iger Wasserstoffsuperoxyd-Lösung getränkt wurde.
In schlimmeren Fällen rate ich Ihnen, den Zahnstein vom Tierarzt entfernen zu lassen, da sonst Entzündungen und Wurzelvereiterungen entstehen können, die schließlich Zahnausfall und möglicherweise auch noch andere Krankheiten zur Folge hätten.

Ballenpflege

Sie sollten auch das »Laufwerk« Ihres Hundes öfter kontrollieren. Zwischen Zehen und Ballen können sich Steine oder Eisklümpchen festsetzen. Achtlos weggeworfene Kaugummis, die mit den feinen Härchen verkleben, sind besonders unangenehm. Wundgelaufene Ballen werden gepudert, rissige mit Vaseline eingecremt. Auch nach einem Gang über winterliche Streusalzstraßen müssen die Hundepfoten gewaschen, getrocknet und mit Babypuder oder Vaseline behandelt werden.

Zecken und Ungeziefer

Die für den Hund sehr lästigen Zecken (Holzböcke) werden mit Alkohol oder Öl betupft und nach etwa 10 Minuten vorsichtig mit einer Pinzette entfernt. Achten Sie darauf, daß nicht ein Teil des blutsaugenden Schmarotzers in der Haut steckenbleibt!
Ungeziefer wird mit einem dafür geeigneten Pulver oder Puder (beispielsweise Euformal/ Wendelinus) bekämpft, das gut in das Fell einmassiert werden muß und erst nach einer gewissen Einwirkungsdauer wieder gründlich ausgebürstet wird.
Wer diese Pflegemaßnahmen gewissenhaft durchführt und seinen Hund einmal im Jahr vorsorglich zur Allgemeinuntersuchung zum Tierarzt bringt, darf sich einen verantwortungsbewußten Tierhalter nennen.

Der Umgang mit dem Spaniel

Auf den Tonfall kommt es an

Beim Umgang mit Ihrem Spaniel kommt es weniger auf den Sinn Ihrer Worte, als vielmehr auf Ihren Tonfall an. Der Hund lernt schnell zu unterscheiden, ob Sie es jetzt gut mit ihm meinen oder gerade böse auf ihn sind. Selbst dazwischenliegende Nuancen und auch Freude oder Trauer wird er bald aus Ihrer Stimme heraushören und richtig zu deuten wissen.
Dazu fällt mir eine kleine Episode ein: Die Kinder aus der Nachbarschaft nannten unseren Cocker Spaniel »Minko« oder »Minkel«. Sein Name »Amigo« kam ihnen wahrscheinlich allzu spanisch vor. Ich machte aus ihren Benennungen den nicht gerade salonfähigen Kosenamen »Minkelpinkelstinkelhund«. Glauben Sie mir, Amigo war außer sich vor Freude, wenn ich ihn so ansprach. Er packte dann sofort seinen Büffelhautknochen oder irgendeinen anderen Gegenstand und trug diesen erhobenen Hauptes umher, was bei ihm Ausdruck besonders großer Freude war. Den dreifachen Sinn meiner Anrede konnte er natürlich nicht erfassen, wohl aber den besonderen Klang in meiner Stimme, denn so redete ich ja nur im Scherz – also bei bester Laune – mit ihm.
Wie Sie sehen, liegt es weitgehend an Ihnen, für ein gutes »Betriebsklima« zu sorgen, indem Sie es sich zur Regel machen, ruhig und freundlich zu Ihrem Hund zu sprechen. Um so mehr wird es ihn dann beeindrucken, wenn Sie einmal streng sein und ein ernstes Wort mit ihm reden müssen.

Der Spanielwelpe merkt bereits am Tonfall Ihrer Stimme, daß er etwas falsch gemacht hat.

Hunde lieben nun mal Gegenstände, die nach Herrchen riechen.

Bestrafung

Die beste Methode, einen Welpen zu bestrafen, ist das Schütteln seines Nackenfelles. Ergreifen Sie aber dabei möglichst viel Fell und schütteln Sie es so, als ob es ausgestaubt werden müßte. So macht es die Hündin mit ihren Jungen auch, nur daß diese natürlich dazu ihren Fang benutzt. Der Erfolg ist der gleiche: Der Welpe spürt die absolute körperliche Überlegenheit seines Betreuers und Meisters, was ihn nachhaltig beeindruckt.

Hochheben

Bitte heben Sie Ihren Spaniel niemals am Nackenfell hoch, sondern umfassen Sie mit einer Hand seinen Brustkorb und stützen Sie mit der anderen sein Hinterteil ab. Nur so können Sie einen Hund wirklich sicher und ohne ihm weh zu tun transportieren.

Spielen – geeignetes Spielzeug

Da unsere Haushunde kaum mehr Gelegenheit haben, ihren angeborenen Jagdtrieb auszuleben, müssen wir ihnen dafür eine Ersatzbeschäftigung bieten, und die ist das Spielen. Ein geworfenes Bällchen ersetzt das Wild, dem unser Spaniel, ohne das Mißfallen des Jagdhüters zu erregen, hinterherhetzen darf. Spazierengehen ist wichtig und schön, ersetzt aber nicht die sportliche Bewegung, die auch jene Muskeln trainiert, die sonst kaum gefordert werden. Deshalb sollten Sie täglich auch ein wenig Zeit für das Spiel mit dem Hund erübrigen. Sie können es aber auch gleich mit dem obligatorischen Spaziergang verbinden. Das Apportierspiel (Apportieren → Seite 44) macht dem Spaniel natürlich den größten Spaß. Achten Sie aber darauf, wenn Sie ihm einen Ast oder ein Stöckchen werfen, daß das Holz stark genug ist und nicht von Ihrem Hund zerbissen werden kann! (Unserem Amigo hatte sich einmal ein abgesplittertes Hölzchen so unglücklich im Gebiß verklemmt, daß es nur unter Narkose vom Tierarzt entfernt werden konnte.)

Auch in der Wohnung will der Hund nicht auf Spielzeug verzichten. Ob es ein Ball oder ein alter Fetzen ist, spielt dabei keine große Rolle. Auf das Material, aus dem diese Gegenstände sind, sollten Sie aber sehr gut achten. Die im Handel erhältlichen Quietschpuppen aus Plastik und die meist viel zu weichen Bälle aus Kunststoff können dem »Nagetier Hund« zum Verhängnis werden, sobald er Teile davon verschluckt. Als Spielzeug ungefährlich und für den Hund nicht weniger interessant sind statt dessen die bewährten Büffelhautknochen.

Geeignetes Spielzeug verschafft Ihrem Spaniel die Möglichkeit, sich auch einmal allein beschäftigen zu können, wobei selbst Welpen vergessen, daß es ja auch Teppiche und Möbel gibt, die sie benagen könnten.

Beim Apportieren hat der Spaniel Gelegenheit, seinen angeborenen Jagdtrieb auszuleben.

Der Spaniel und Kinder

Die Kinderfreundlichkeit des Spaniels erwähnte ich bereits an anderer Stelle. Hier soll darüber gesprochen werden, wie das Miteinanderleben von Kind und Hund am besten möglich ist. Dabei müssen wir drei Altersstufen unterscheiden: Babys, Kinder unter sieben Jahren und Kinder über sieben Jahren. Wenn Sie Baby und Hund völlig voneinander trennen, begehen Sie einen großen, vielleicht sogar verhängnisvollen Fehler. Es ist dann nämlich nicht auszuschließen, daß das vor

dem Hund so sorgsam abgeschirmte kleine Menschenkind schon bald von ihm als nicht zum Rudel (Familie) gehörend betrachtet wird. Die Folgen könnten Eifersucht und im schlimmsten Fall Rachegelüste sein. So wäre es möglich, daß der (ausgewachsene) Hund in einem unbewachten Moment versucht, den kleinen »Eindringling« auf seine Weise zu vergraulen, das heißt wegzubeißen. Derartige Vorfälle, von denen auch die Zeitungen immer wieder berichten, sind bei genauerer Nachforschung fast ausschließlich auf falschen Umgang mit Hunden zurückzuführen.
Lassen Sie die beiden also ruhig Kontakt miteinander aufnehmen, indem Sie dem Hund mit freundlichen Worten das Baby zeigen. Vielleicht wird er es auch ein wenig beschnuppern wollen, denn er ist ja schließlich ein Nasentier. Aber bitte keine übertriebene Bazillenfurcht! Bei einem vorschriftsmäßig

Zeigen Sie dem Spanielwelpen das Menschenkind; er weiß dann, daß auch dieses Lebewesen zum Familien-Rudel gehört.

schutzgeimpften, entwurmten und gut gepflegten Tier besteht keine Gefahr, daß eine Krankheit übertragen wird. Auch während der Zeit einer Schwangerschaft braucht Ihr Hund – wegen vermeintlich großer Infektionsgefahr – nicht gleich »umständehalber« in andere Hände gegeben zu werden. Er sollte aber etwa sechs Wochen vor der Niederkunft vom Tierarzt auf Parasiten und vor allem auf Bandwurmbefall untersucht werden.
Nach dem Beschnuppern und Kennenlernen wird Ihr Spaniel das Baby als Mitglied der Gemeinschaft akzeptieren und vielleicht sogar zu beschützen versuchen. Wenn Sie ihm keinen Anlaß zur Eifersucht geben und Ihre Liebe möglichst gerecht verteilen, werden alle miteinander friedlich zusammenleben.
Kinder unter sieben Jahren sind in der Regel noch nicht imstande, richtig mit einem Hund umzugehen. Sie haben noch nicht das rechte Gefühl dafür, was so einem Tier gut oder weh tut. Selbst der gutmütigste Spaniel läßt sich nicht ständig ungestraft an den empfindlichen Ohren ziehen! Den Kleinen fehlt auch noch die körperliche Kraft, die beispielsweise notwendig ist, einen an der Leine ziehenden Spaniel sicher festzuhalten. Eltern sollten ihre noch kleinen Kinder auf keinen Fall unbeaufsichtigt mit einem Hund zusammenlassen.
Kinder über sieben Jahren können schon ganz geschickte kleine Herrchen und Frauchen sein, wenn sie mit einem Hund aufgewachsen sind. Spielend konnten sie erfahren, wie sie mit dem Tier umzugehen haben. Einem Zehnjährigen können Sie schon mal einen Hund von der Größe eines Spaniels allein überlassen.
Eines aber ist gewiß: Wenn all das Gesagte schon beizeiten gut bedacht wird, können Kind und Hund die allerbesten Freunde werden und sich gegenseitig »prägen«.

Ein Spaniel ist zwar sehr kinderlieb, aber beim An-den-Ohren-Ziehen hört für ihn der Spaß auf.

Das Zusammengewöhnen mit anderen Heimtieren

Falls Sie schon andere Heimtiere haben, machen Sie es genauso wie mit dem Baby: Stellen Sie dem Neuling, wenn er als Welpe zu Ihnen kommt, die Tiere vor. Wenn Sie sich einen schon älteren Hund anschaffen, ist hier natürlich größere Vorsicht geboten. Falls alle Versuche fehlschlagen, können Sie nicht mehr darauf hoffen, daß sich die Tiere im Laufe der Zeit doch noch aneinander gewöhnen. Besonders zwischen Hund und Katze ist eine Gemeinschaft sehr problematisch. Es gibt Katzen, die an Hunde gewöhnt sind (weil sie mit ihnen aufwuchsen oder Ammendienste für sie leisteten), und es gibt solche, die Hunde verabscheuen. Umgekehrt verhält es sich auch nicht anders. Am einfachsten ist es, einen Hundewelpen an ein junges Kätzchen zu gewöhnen. Mit Meerschweinchen und Schildkröten vertragen sich die meisten Hunde schon nach kurzer Gewöhnungszeit.

Der Zweithund

Wer schon einen Hund besitzt und ihm nun noch einen Gefährten zugesellen möchte, muß folgendes beachten: Wenn der Neuling noch im Welpenalter ist, entstehen nur selten Probleme. Schwierigkeiten können auftauchen, wenn zwei ausgewachsene Hunde sich aneinander gewöhnen sollen. Als der acht Wochen alte Amigo zu uns kam, hatten wir auch schon den zweijährigen Lhasa-Apso-Rüden »Rusty« in der Familie, beide vertrugen sich von Anfang an prächtig. Natürlich mußte der Jüngere den Rang und die Rechte des Älteren respektieren und sich ihm unterordnen. Das aber tat Amigos Liebe zu dem großen Freund keinen Abbruch, nicht einmal später, als er dann schließlich selbst der Stärkere und Größere war.
Falls Sie aber schon eine ältere Hündin besitzen, möchte ich Ihnen davon abraten, sich noch eine weitere Hündin anzuschaffen. Nicht

Hundewelpen und junge Kätzchen, die man rechtzeitig aneinander gewöhnt, können verträgliche Hausgenossen werden.

selten werden die Tiere unverträglich; es gibt Streitereien und Kämpfe. Wenn Sie unbedingt zwei Hündinnen haben wollen, rate ich Ihnen, sich besser gleich zwei Wurfgeschwister ins Haus zu nehmen; Hundeschwestern vertragen sich meist recht gut.

Wenn die Hündin läufig wird

Während die Geschlechtsreife beim Rüden etwa nach dem ersten Lebensjahr einsetzt und ihn von da an stets deckbereit hält, tritt bei der Hündin die erste Hitze meist zwischen dem achten und zehnten Monat ein und dauert jeweils etwa drei bis vier Wochen. Paarungsbereit ist die Hündin jedoch nur wenige Tage während der Läufigkeit. Diese sogenannte Hochbrunst dauert gewöhnlich etwa fünf Tage. Die besten Chancen zum Deckenlassen bieten sich zwischen dem neunten und dreizehnten Tag der Läufigkeit.
Dazu noch einige wichtige Zahlen: Mit 18 Monaten darf die Hündin zum ersten Mal gedeckt werden, oder besser gesagt – nicht vor der zweiten Hitze; und möglichst nicht erst nach dem vierten Lebensjahr, da dann häufiger mit Geburtsschwierigkeiten zu rechnen ist.
Da nach erfolgtem Deckakt der Blutabfluß im Geschlechtsorgan des Rüden nur langsam vor sich geht, bleiben Hund und Hündin noch für etwa fünfzehn Minuten unlösbar verbunden. Auch wenn die Paarung unerwünscht sein sollte, wäre es sinnlos, dieses Hängenbleiben gewaltsam zu unterbrechen, weil die Samenentleerung dann meist schon erfolgt ist. Das Auseinanderreißen kann bei beiden Tieren zu schweren Verletzungen führen.
Die Tragzeit dauert durchschnittlich 63 Tage. Das Wurfdatum läßt sich einfach ermitteln, indem zwei Monate und zwei Tage zum Deckdatum hinzugezählt werden. Da es aber hin und wieder vorkommt, daß eine Hündin einige Tage früher oder später niederkommt, ist es sehr ratsam, schon ab dem 59. Tag gut aufzupassen.
Hündinnen können während des ganzen Jahres läufig werden, meist jedoch im Frühjahr und im Herbst. Ihr Geruch lockt geschlechtsreife Rüden aus der näheren und ferneren Umgebung an, die dann sogar manchmal rudelweise auf »Freiers Füßen« unterwegs und zu kühnen Unternehmungen bereit sind. Sie

Wenn Sie mit Ihrer läufigen Spanielhündin spazierengehen, müssen Sie mit einer aufdringlichen Verehrerschar rechnen. Vorsicht: selbst brave Hündinnen neigen in dieser Zeit zum Streunen.

bezwingen die beschwerlichsten Hindernisse, setzen über Zaun und Mauer und zwängen sich durch jedes Schlupfloch. So erkämpfen sie sich freie Bahn und verlassen sich auf ihren außerordentlich guten Geruchssinn, der sie mit Sicherheit den Weg zu der läufigen Hündin finden läßt. Bleibt sie dennoch unerreichbar, weil sie sorgfältig gehütet wird und eingesperrt ist, machen die Rüden mit jaulenden Gesängen, die an das Heulen der Wölfe erinnern, auf sich aufmerksam.

Um unerwünschten Nachwuchs zu vermeiden, gibt es außer der Sterilisierung (Unfruchtbarmachung) zwei Möglichkeiten:

- Eine tierärztliche Hormonbehandlung, die aber bei wiederholter Anwendung zu erheblichen Gesundheitsstörungen führen kann.
- Das Fernhalten der Hündin von jeglichen Rüden, was zwar mit einigen Umständen verbunden, aber dennoch die beste Methode ist.

Damit vor Ihrer Haustür keine Belagerung von aufdringlichen Rüden stattfinden kann, empfehle ich Ihnen, Ihre Hündin die ersten dreißig Meter zum »Gassigehen« zu tragen. Auf diese Weise unterbrechen Sie die Duftspur zu Ihrem Haus, die für liebeshungrige Rüden wegweisend ist. Zwar ist eine Spanielhündin nicht gerade leicht, aber wenn Sie sich für die kurze Zeit mit dem Tier belasten, ersparen Sie sich und Ihren Nachbarn eine wirklich unangenehme Dauerbelästigung.

Während der Zeit der Läufigkeit werden selbst besonders brave Hündinnen zum Streunen verführt, was sie in zweifacher Hinsicht gefährdet: Sie können unerwünschterweise gedeckt oder – was viel schlimmer ist – überfahren werden, weil sie einfach »blind vor Liebe« sind. *Deshalb gehören läufige Hündinnen unbedingt an die Leine.*

Wer seine Spanielhündin decken lassen will, sollte dem Jagdspaniel-Klub beitreten, um sich rechtzeitig über alle notwendigen Maßnahmen informieren und beraten zu lassen. Außerdem sorgt dieser Klub auch für ordnungsgemäße Zuchtdokumente und hilft mit Rat und Tat, wenn ein Wurf zu erwarten ist.

Die Geburt

Wenn Ihre Hündin trächtig ist, sollten Sie einige Zeit vor der voraussichtlichen Niederkunft die erforderlichen Vorkehrungen treffen. Zunächst wird in einem warmen Raum das Geburtslager hergerichtet und zwar an einem möglichst ruhigen und vor Zugluft geschützten Platz. Für ausreichende Wärme kann auch eine über diesem Platz angebrachte Infrarot-Lampe sorgen.

Falls keine Wurfkiste (sie ist im Handel erhältlich) verwendet wird, genügen auch mehrere Lagen Zeitungspapier, auf die als Polster noch einige saubere, weiche Tücher gelegt werden. Die Hündin sollte schon etwa vierzehn Tage vor dem »freudigen Ereignis« an den neuen Lagerplatz gewöhnt werden.

Zu den Anzeichen der bevorstehenden Geburt gehören Unruhe und Futterverweigerung der Hündin. Ihr Gesäuge schwillt an und setzt Milchtropfen ab. Die Körpertemperatur sinkt bis unter 37° C. Die Geburt beginnt mit dem Einsetzen leichter Wehen, die sich dann zu Preßwehen verstärken. Nach ein bis drei Stunden erfolgt der erste Fruchtblasensprung. Anschließend kommt das erste Junge zur Welt und es können (in der Regel alle 15 bis 20 Minuten) noch sechs, acht und mehr Welpen nachfolgen.

Nachdem die Hündin das Neugeborene aus der es umschließenden Fruchthülle befreit hat, beißt sie die Nabelschnur ab und beleckt und massiert das Junge, um seine Atmung in

Gang zu bringen. Bleiben diese Instinkthandlungen des Muttertieres aus, muß der Mensch helfend eingreifen, indem er selbst das Neugeborene abnabelt, vorsichtig trockenreibt, Nasenlöcher und Rachen von Fruchtwasser befreit und das Hundebaby an die Zitze der Hündin legt.

Um für alle Fälle gewappnet zu sein – es könnte ja zu unerwarteten Komplikationen kommen –, sollten Sie sich schon einige Tage vorher mit dem Tierarzt absprechen und seine Telefonnummer notiert haben. Wer zu ängstlich ist oder sich nicht dazu imstande fühlt, Hebammendienste für seine Hündin zu leisten, der sollte sich frühzeitig um den Beistand einer auf diesem Gebiet schon erfahrenen Person bemühen. Zu diesem Zweck setzen Sie sich am besten mit dem Zwinger, aus dem Ihre Hündin stammt, oder mit Ihrem Hundeklub in Verbindung. Ich bin sicher, daß Ihnen so gut wie möglich geholfen wird.

Aber ich will es hier noch einmal sagen: Rassehundezucht ist keine Spielerei, denn sie erfordert ein großes Verantwortungsbewußtsein, Kenntnisse der Genetik (Vererbungswissenschaft), viel Mühe und Zeit und obendrein noch eine gute Portion Glück. Ganz allgemein besteht absolut kein Mangel an Züchtern, es gibt beispielsweise gerade für Cocker Spaniels wirklich genügend erfahrene und unter ihnen auch sehr erfolgreiche Zwingerbesitzer. Im Interesse der Reinerhaltung der Rassen muß vor überflüssiger und vor allem unqualifizierter Vermehrung dringend gewarnt werden, damit unsere heute noch so prächtigen Rassehunde nicht schon bald von einer Generation degenerierter, wesens- und nervenschwacher Tiere abgelöst werden.

Kinderlos bleibende Hündinnen müssen keine gesundheitlichen Nachteile erleiden, neigen aber häufiger zur Scheinschwangerschaft, die sich rein äußerlich von einer echten Trächtigkeit kaum unterscheidet. Etwa acht Wochen nach der Läufigkeit schwillt das Gesäuge an und sondert Milch ab. In diesem Stadium können die Hündinnen Welpen aufziehen, deren Mutter zu wenig Milch hat oder nach der Geburt gestorben ist. Ist eine solche Möglichkeit nicht gegeben, bemühen sich die Scheinträchtigen um Ersatzkinder, indem sie alle denkbaren Gegenstände (Spielzeug, Knochen und anderes) zusammentragen, die sie dann wie wirkliche Welpen »bemuttern«. Die Scheinträchtigkeit erfordert eine verständnisvolle und beruhigende Behandlung (→ Seite 52). Bei hochgradig nervösen Tieren ist die tierärztliche Verordnung eines Beruhigungsmittels zu empfehlen.

Mit dem Spaniel auf Reisen

»Lieber einige Strapazen in Kauf nehmen, als ohne Herrchen und Frauchen daheimbleiben zu müssen!« Das würde jeder Spaniel sagen, wenn er sich in unserer Sprache ausdrücken könnte. Nichts ist ihm so zuwider, wie von »seinen« Menschen alleingelassen zu werden – und dann gar noch über Wochen hinweg.

Aber kein Spanielbesitzer braucht deshalb auf die wohlverdiente Urlaubsreise zu verzichten oder seinen Hund in ein Tierheim zu geben. Es ist meist nur eine Sache der Planung, denn es gibt mittlerweile fast überall Hotels und Privatpensionen, die das Mitbringen eines Hundes gestatten. Sie müssen sich nur beizeiten vergewissern und vielleicht auch einen Kompromiß bei der Wahl des Urlaubsziels eingehen. Wenn Sie alles gut vorbereiten und möglichst ein nicht allzu weit entferntes Gebiet ansteuern, das auch für schöne Wanderungen geeignet ist, dann können die Ferien mit Ihrem Hund zu einem erholsamen Ferienerlebnis für alle Beteiligten werden.

Was im Reisegepäck nicht fehlen darf

- Internationaler Impfpaß mit Gesundheitszeugnis, ausgestellt von Ihrem Amtstierarzt. Achtung: Seit dem Impfdatum, das mindestens 3 bis 4 Wochen zurückliegen muß, dürfen bis zum Reiseantritt nicht mehr als

12 Monate vergehen. Bei Auslandsreisen also spätestens 4 Wochen vorher den Tierarzt aufsuchen!
- Futter- und Trinknapf
- Schlafdecke oder -korb
- Leine und Maulkorb (Vorschrift in Tollwutschutzgebieten!)
- Hundekamm und Bürste, gegebenenfalls auch Desinfektionspulver
- Reiseapotheke (die Ihnen Ihr Tierarzt gern zusammenstellt)
- Dosen- oder Trockenfutter, falls in dem Reiseland die gewohnte Hundekost nicht zu beschaffen ist. Wenn der Hund erst auf Dosen- oder Trockennahrung umgestellt werden muß, sollte dies bereits vor dem Urlaub (durch allmählich gesteigerte Beigaben zum Frischfutter) geschehen.

Über die Einreisevorschriften der einzelnen Länder erhalten Sie Auskünfte bei den Reisediensten der Automobilklubs, den jeweiligen Länderkonsulaten, Ihrem zuständigen Veterinäramt oder beim *Deutschen Grünen Kreuz, Schuhmarkt 4, 3350 Marburg/Lahn.* Daß der Hund im Auto auf den Rücksitz gehört und hin und wieder eine Fahrtunterbrechung für etwas Bewegung und ein Geschäftchen notwendig ist, sollte selbstverständlich sein.

Die richtige Ernährung des Spaniels

Frischfutter oder Fertigfutter?

Bei diesem Thema sind selbst erfahrene Züchter verschiedener Meinung. Einige lehnen das Fertigfutter vollkommen ab und geben ihren Hunden nur Frischfleisch, beispielsweise Muskelfleisch, Pansen, Herz und Leber; andere sind voll des Lobes über die gleichbleibende Qualität und die Ausgewogenheit der Dosen-Vollnahrung. Einig jedoch sind sich alle über die Notwendigkeit des Beifutters, das aus gekochtem Reis, Weizen- oder groben Haferflocken und kurz gedünstetem Gemüse bestehen sollte. Für den erwachsenen Hund wird $^2/_3$ Fleisch mit $^1/_3$ Beikost gemischt.
Es können sicher nach beiden Methoden kräftige und gesunde Hunde großgezogen werden, denn die Vorurteile gegen Dosen-Fertigfutter wurden in der Praxis längst widerlegt, vor allem durch die guten Erfahrungen, die man im »Hundeparadies« England gemacht hat. Wichtig ist nur, daß alle notwendigen Grundnahrungsstoffe im Hundefutter enthalten sind und im richtigen Verhältnis zueinander stehen. Aber nicht jeder Hundehalter hat Wissen oder Erfahrung genug, um das Futter richtig zusammenzustellen. Ich bin der Meinung, daß mit hochwertigem Fertigfutter, in dem alles enthalten ist, was einem Hund schmeckt und seine Gesundheit erhält, am wenigsten falsch gemacht werden kann und empfehle es zumindest den noch unerfahrenen Hundehaltern.
Noch etwas spricht für das Fertigfutter: Bei der Zubereitung im Kochtopf wird beispielsweise das Vitamin B 1 bis zu 80 Prozent (!) zerstört. Hingegen bleibt die Dosennahrung, die vom Hersteller nur kurze Zeit sterilisiert, aber hoch erhitzt wird, ohne wesentliche Beeinträchtigung des Vitamingehalts, sie ist haltbar und läßt sich gut aufbewahren.

Ich habe mir ein modernes Tierfuttermittelwerk angesehen und war von den strengen Qualitätskontrollen vor, während und nach der Herstellung sehr beeindruckt. Das nach neuesten wissenschaftlichen Erkenntnissen der hauseigenen Forschungsabteilung produzierte Hunde-Fertigfutter enthält alle für den einstigen »Beutetierfresser« lebensnotwendigen Bestandteile wie Nährstoffe, Vitamine, Mineralien in der richtigen Dosierung.
Fertigfutter wird in verschiedenen Arten und Geschmacksrichtungen geboten. Es gibt eine Dosenfutter- *Vollnahrung,* die alle notwendigen Nähr- und Aufbaustoffe enthält; sie besteht aus einer Mischung von Fleisch (wie Muskelfleisch, Pansen, Herz, Leber, Lunge) mit Getreide (wie Reis, Gerste, Hafer, Weizen oder Mais) und Vitaminen.
Da der Hund keine Kohlenhydrate benötigt, sie aber verwerten kann, stellt die Industrie zwei Arten von Dosenfutter her: Eine (beispielsweise Welpen-Pal oder Chappi), der schon Kohlenhydrate beigemischt sind, und eine andere Art (wie zum Beispiel Pal), die vorwiegend aus Fleisch beziehungsweise proteinhaltigen Rohmaterialien besteht und der bis zu einem Drittel gekochte Kartoffeln oder Reis beigemischt werden können; das ist für die Gewichtsreduzierung beim »Gernefresser« Spaniel sehr vorteilhaft.

Bei diesem praktischen Freßnapf geraten die langen Hängeohren des Spaniels nicht ins Futter.

Die richtige Ernährung des Spaniels

Hinzu kommen *Halbfeucht-*, *Halbtrocken-* und *Trockenfutter*, die im Prinzip in der Zusammensetzung dem Dosenfutter gleichen. Der wesentliche Unterschied besteht darin, daß diesen Produkten die natürliche Feuchtigkeit bis zu einem gewissen Prozentsatz entzogen worden ist (etwa 25% bei Halbfeuchtfutter, etwa 20% bei Halbtrockenfutter und etwa 10% bei Trockenfutter), wodurch sie besonders energiehaltig sind. Der Bedarf an Flüssigkeit wird hier durch den Feuchtigkeitsgehalt der Nahrung und durch Trinkwasser gedeckt. Da bei diesen Futterarten der Feuchtigkeitsgehalt gering ist, steigt naturgemäß die Trinkwasseraufnahme. Darum stets frisches Wasser ausreichend zur Verfügung stellen. Abgesehen von den vielen hervorragenden Eigenschaften des Fertigfutters bleibt die Tatsache, daß nicht alle Hunde (unter anderem erkrankte Tiere) die Fertigprodukte annehmen oder vertragen. In diesen Fällen ist dann vielleicht eine spezielle Frischfütterung angezeigt. Deshalb hier nun ein auf beide Methoden zugeschnittener Ernährungsplan, der als Richtlinie für Hunde mit normaler körperlicher Beanspruchung zu verstehen ist.

Ernährungsplan mit Gewichts- und Kalorientabelle
(1000 Kalorien etwa 4200 kJoule)

Beispiel: Cocker Spaniel

Welpen-Alter	Gewicht kg	Fütterungen pro Tag	erste Mahlzeit	letzte Mahlzeit	Energiebedarf pro Tag kJoule	Fertigfutter-Methode z. B. WELPEN-PAL			Frischfleisch-Fütterung		
						400 g Dosen	+Beikost	=Vorschlag Nr.	Fleischmenge **	+Beikost	=Menüvorschlag
5.–6. Woche	2–3	5	7 Uhr	19 Uhr	1930 2600	1	+ 50 g	= 1	400 g	+ 50 g	= A
7.–8. Woche	2–3	5	7 Uhr	19 Uhr	1930 2600	1	+ 50 g	= 1	400 g	+ 50 g	= A
3. Monat	4–5	5–4	7 Uhr	19 Uhr	2600 3200	1½	+100 g	= 2	600 g	+100 g	= B
4. Monat	5,6	4	8 Uhr	18 Uhr	4620	1¾	+150 g	= 2	700 g	+150	= B
5. Monat	7,5	4–3	8 Uhr	18 Uhr	5480	2	+250 g	= 2	800 g	+200 g	= B
6./7. Monat	8–9	3	9 Uhr	17 Uhr	5480 4640	1¾	+150 g	= 3	750 g	+150 g	= C
8.–12. Monat	9–10	2	9 Uhr	15 Uhr	4640 4370	1¾	+100 g	= 3	700 g	+100 g	= C

Die richtige Ernährung des Spaniels

Ernährungstabelle für den ausgewachsenen Hund
(Körpergewicht 12–14 kg)
nur 1 Mahlzeit pro Tag, zweckmäßigerweise mittags und zusätzlich 2 *kleine* Nebenfütterungen.
Energiebedarf pro Tag = 4200 kJoule

Gesamt-Futtermengen pro Tag
bei der Fertigfutter-Methode:

Dosenvollnahrung, z. B. PAL 400 g-Dosen*	+ Beikost	= nach Vorschlag Nr.
$1^1/_2$	+ 100–200 g	= 3

bei der Frischfleisch-Fütterung:

Fleischmenge**	+ Beikost	= Menü-Vorschlag
600–700 g	+ 100–200 g	= D

* Stets etwas anwärmen, keinesfalls direkt aus dem Kühlschrank verwenden!

** Tiefgefrorenes Fleisch muß restlos aufgetaut und angewärmt sein. Am besten: Frischfleisch kurz ankochen. Die Beikost gehört unbedingt dazu. Über die Dosierung von Kalzium, Phosphor, Vitamine und andere Zugaben berät der Tierarzt!

Beikost zur Fertigfutter-Ernährung
(Gesamtmengenangabe → Tabelle Seite 35)

- nach Vorschlag Nr. 1

Trockennährmilch oder Quark in kleinen Portionen, Haferschleim, angedünstete Möhren oder Spinat, Bananenmus und pro Woche 1 Eigelb, verquirlt. Als Belohnungshäppchen: Knorpelfleisch, etwas Trockenfutter oder Hundebiskuit.

- nach Vorschlag Nr. 2

Haferflocken oder Reis mit ½ Milch und ½ Wasser angerührt. Gekochter Spinat, geschabte Möhren, kleingehackter Salat oder ½ geriebener Apfel. 1 TL Honig und 1 bis 2 Eigelb pro Woche.
Zur Belohnung und für das Gebiß: Hundekuchen, harte Brotrinden oder Knorpelstücke.

- nach Vorschlag Nr. 3

Gekochter Reis, rohbelassene Weizen- oder grobe Haferflocken. Leicht angedünstetes Gemüse (aber kein Kohl, keine Bohnen oder Erbsen!), Petersilie, geraspelte rohe Karotte oder ½ Apfel. Ein Eigelb pro Woche.
Belohnungshäppchen: Weicher Kalbsknochen, etwas Trockenfutter oder Hundekuchen.

Menü-Vorschläge für die Frischfleisch-Ernährung
(Gesamtmengenangabe → Tabelle Seite 35)

A = Hackfleisch oder geschabtes Kalbfleisch, auch kleingeschnittene Hühnerinnereien.
Haferschleim, Trockennährmilch oder Quark, gelegentlich auch etwas Fleischbrühe. Leicht angedünstete Möhren oder Spinat, auch rohe Karotten feingerieben und ab und zu etwas Knoblauch. Bananenmus. Dem Futter etwas Fett in Form von Sonnenblumenöl zusetzen. Als Rauhfutter und zum Andicken ein wenig rohe Flocken darüber streuen. Im Winter 1 TL Lebertran.
Belohnungshäppchen wie unter Vorschlag Nr. 1.

B = Kleingeschnittenes Kalbfleisch, mageres Rindfleisch oder Herz kurz ankochen und die Brühe mitverwenden. Haferflocken oder Reis mit geschabten Möhren, kleingehacktem Salat oder ½ geriebenen Apfel. Auch ungekochte, grobe Flocken zum Andicken. Eine Prise Salz zugeben. Im Winter 1 TL Lebertran untermischen.
Ab der 10. Lebenswoche ist die Zugabe eines Mineralsalzgemisches (beispielsweise Ospulvit oder Calcipot) anzuraten, ab der 12. Woche etwas Traubenzucker oder Honig.
Belohnungshäppchen wie unter Vorschlag Nr. 2.

C = Rindfleisch, Herz, Knorpelfleisch, Pansen. Einmal wöchentlich gedünstete Leber. Alle Gemüse (außer Kohl, Erbsen und Bohnen!) kurz gedämpft. Geraspelte Möhre oder ½ Apfel. Ein Eigelb pro Woche. Verdünnte Milch und täglich etwas Honig oder Traubenzucker untermischen. Mineralsalz-Zugabe wie unter »B«. Belohnungshäppchen wie Vorschlag Nr. 3.

D = Rindfleisch, Herz, Pansen, Gurgelabschnitte, Leber. Gekochter Reis, Weizen- oder grobe Haferflocken (auch ungekocht, zum Andicken des Futters) mit geschabten Möhren, Spinat oder Salat oder geraspeltem Apfel. Eine Prise Salz. Nicht mehr als 2 bis 3 Eier pro Woche. Zum Nagen: Büffelhautknochen und – wenn es der Hund annimmt – auch eine ganze Karotte.
Belohnungshäppchen: Weiche Kalbsknochen (jedoch nicht mehr nach dem 5. Lebensjahr), etwas Trockenfutter oder Hundekuchen.
Um Vitaminmangelerscheinungen vorzubeugen, ist die Gabe eines Multivitaminpräparates zu empfehlen. Lassen Sie sich von Ihrem Tierarzt beraten.

Wenn Sie auch Fertigfutter geben, können Sie sicher sein, daß Ihr Spaniel alle für seine Gesundheit notwendigen Nährstoffe erhält.

Futtermengen

Futtermengen für die Zwergspaniel-Rassen
Für Ihren Zwergspaniel nehmen Sie bitte etwa die Hälfte der in der Tabelle angegebenen Mengen.

Futtermenge für übergewichtige Spaniels
Wenn der erwachsene Hund zu dick wird, sollte er wöchentlich einen ganzen Tag lang fasten. Es schadet ihm nicht, es dient vielmehr seiner Gesunderhaltung. Bleibt ein sichtbarer Erfolg aus, sind die Rationen entsprechend zu verringern, oder der Hund braucht mehr Bewegung – oder beides.

Futtermenge für den alten Hund
Der altgewordene Hund begnügt sich ganz von selbst mit kleineren Portionen. Sein Futter sollte deshalb mehr hochwertiges Eiweiß, aber etwas weniger Fett und Kohlenhydrate enthalten. Man rechnet mit einem um etwa zehn Prozent geringeren Kalorienbedarf.
Mit diesem Ernährungsplan und den Fütterungsvorschlägen dürften selbst Anfänger in der Lage sein, sich einen gesunden, weder über- noch unternährten Spaniel heranzuziehen. Es müssen nur Alter und Körpergewicht des Hundes sowie die jeweils dafür angegebenen Futtermengen berücksichtigt werden.
Falls Ihr Hund sein Normalgewicht dann doch einmal merklich überschreiten sollte, müssen Sie natürlich regulierend, das heißt »reduzierend«, eingreifen, denn nicht jeder Spaniel gleicht dem anderen, vor allem nicht bei der Futterverwertung!
Da die Futterverwertung von verschiedenen Faktoren abhängig ist (vor allem bei notwendig werdenden Abweichungen von der Norm)

und überhaupt von Hund zu Hund sehr unterschiedlich sein kann, sind genaue Mengenangaben in Gramm nicht möglich. Hunde, die sehr viel Bewegung haben, beispielsweise aktive Jagdhunde, brauchen natürlich mehr hochwertiges Futter als solche, die sich körperlich weniger betätigen.
Wenn Sie aber immer auf eine gute Figur Ihres Spaniels achten, ihn ab und zu einmal wiegen (→ Seite 54) und das Gesagte befolgen, werden Sie die Gewichtsregulierung schon rein gefühlsmäßig sehr bald in den Griff bekommen.

Ernährungs-Hinweise

Niemals zu kaltes oder zu warmes Futter geben! Es darf nur handwarm sein. Futterreste nicht längere Zeit herumstehen lassen (Bakterienbildung)!

Knochen – Hundekuchen – Büffelhautknochen

Damit Zähne und Kaumuskulatur intakt bleiben, sollten ausgewachsene Hunde hin und wieder einen nicht zu harten Kalbsknochen oder Hundekuchen bekommen. Diese eignen sich vor allem als Belohnungshäppchen. Aber Vorsicht: Zuviel des Guten kann den ganzen Ernährungsplan umwerfen! Besonders wirkungsvoll sind solche Extragaben bei jungen Hunden, die noch erzogen werden müssen. Welpen sollten allerdings keine Knochen bekommen, obwohl gerade sie während der Zahnbildung leidenschaftlich gerne knabbern. Ein wenig Trockenfutter oder ein Stückchen Hundekuchen sind für Welpen die beste Belohnung. Erlaubt sind auch Büffelhautknochen, an denen sie ungefährdet nagen können, was übrigens noch weitere positive Auswirkungen hat: Büffelhautknochen (sie sind im Zoohandel erhältlich) fördern die Verdauung.
Frisches Wasser (es darf nicht zu kalt sein!) muß immer für den Hund bereitstehen, damit er nicht genötigt ist, seinen Flüssigkeitsbedarf aus irgendwelchen Pfützen zu decken; sie könnten Bakterien enthalten und Infektionskrankheiten hervorrufen.
Nach der Mahlzeit braucht der Hund Ruhe. Deshalb sollten Sie am besten vorher mit ihm spazierengehen und frühestens erst wieder eine Stunde nach der Fütterung.

Wer noch zusätzlich vom Tisch aus füttert, darf sich nicht wundern, wenn sein Spaniel dick und rund wird.

Was beim ausgewachsenen Hund zu beachten ist

Wenn ein Hund ausgewachsen ist (sein Skelett also keinen Zentimeter mehr an Größe zunimmt), wird ihm täglich nur noch eine Mahlzeit gegeben und zwar am besten mittags. Er hat dann noch genügend Zeit, überschüssigen Ballast in Darm und Blase bis zum Abend zu entleeren. Dem erwachsenen Hund dürfen Sie zur Überbrückung der vierund-

zwanzig Stunden bis zur nächsten Hauptmahlzeit zweimal einen kleinen Imbiß geben, der in der vorgeschriebenen Gesamtfuttermenge (→ Tabelle Seite 35) allerdings bereits enthalten ist. Davon also können Sie zwei – nur wirklich kleine – Portionen für diese Nebenfütterungen abzweigen. Aber bitte nicht aus diesem Grund die Tagesration erhöhen!
Das Erwachsenwerden eines Hundes kann sich mitunter durch so plötzlichen Appetitschwund ankündigen, daß eine Krankheit vermutet werden könnte. Aber keine Angst: Erstens findet da eine ganz natürliche Umstellung auf den normalen Futterbedarf statt; und zweitens wirkt sich dieser Appetitschwund bei einem Spaniel höchst selten besorgniserregend aus.
Bei länger währender Appetitlosigkeit, und wenn diese gar noch mit Durchfall, Verstopfung oder Erbrechen verbunden ist, sollte der Tierarzt aufgesucht werden.

Ein wöchentlicher Fasttag – ja oder nein?
Immer wieder wird gesagt: Jeder Hund müsse einen Tag in der Woche fasten, weil das seinen aus Urzeiten ererbten Jagd- und Freßgewohnheiten angemessen sei.
Gewiß, es gibt leider so bedauernswerte Geschöpfe, die eher einem Faß auf vier Pfoten als einem Hund ähnlich sehen. Ihnen würde ein wöchentlicher Fasttag zweifellos gut tun. Auch bei Erbrechen und Durchfallerkrankung ist ein Futterentzug durchaus angebracht. Sonst aber ist regelmäßiges Fasten für Hunde genauso falsch wie regelmäßiges Zuvielfüttern.
Wir sollten uns daher merken:
Eine gleichmäßige – auf den tatsächlichen Energieverbrauch abgestimmte – Ernährung macht den Hund nicht fett, sondern fit und erhält ihn gesund und bei straffer Figur!

Erziehung und Ausbildung

Daß dem Urinstinkt des Hundes im Laufe der langen Zeit und seines vom Menschen beeinflußten Daseins ein beachtliches Maß an Verstand und Seele zugewachsen ist, wird heute von vielen Verhaltensforschern bestätigt. Freilich sollten wir mit diesen Begriffen bei der Anwendung auf Tiere sehr vorsichtig umgehen. Wenn es aber Hunde gibt, die sich über ihre angeborenen Fähigkeiten hinaus entwickelt haben, dann steht ganz gewiß der kluge, sensible Spaniel mit an der Spitze. Jeder, der die ausdrucksvollen, jeden »Denkvorgang« signalisierenden Cockeraugen schon einmal genau beobachten konnte, wird mir da zustimmen.
Eine für sein Verständnis ungerechte Behandlung käme dem Spaniel wie Verrat vor, denn seine Treue erwächst aus dem nach seinem Empfinden mit Herrchen oder Frauchen eingegangenen »Bündnis«. Dabei ist er gern dazu bereit, seinen Partner Mensch als Ranghöheren (»Rudelführer«) anzuerkennen.
Das Fundament zu diesem »Bündnis« wird durch die Erziehung aufgebaut; sie beginnt mit der Gewöhnung des Welpen an seinen Namen.

Gehorsamserziehung

Die wichtigste und eine für Ihren Hund vielleicht sogar lebensnotwendige Lektion ist die Gehorsamserziehung. Denken Sie nur an den Autoverkehr auf unseren Straßen. Wie schnell kann da ein nicht gehorchender Hund unter die Räder kommen oder selbst größten Schaden anrichten! Aber auch in Wald und Flur droht dem unfolgsamen vierbeinigen Begleiter große Gefahr. Sobald er sich nämlich selbständig macht, sich von seinem Herrn weiter entfernt oder gar eine Spur verfolgt und Wild hetzt, ist er für den Jäger ein streunender, wildernder Hund und kann auf der Stelle erschossen werden!
Lassen Sie daher auf Spaziergängen Ihren Hund erst dann frei laufen, wenn er mit Sicherheit gelernt hat, auf Ihren Pfiff oder Zuruf sofort zu Ihnen zu kommen. Um das zu erreichen, verwenden Sie zweckmäßigerweise eine extra lange Leine, an der Sie den »Schüler« zu sich herbeiziehen können, nachdem Sie Ihr Kommando gegeben haben. Wenn Sie diese Lektion immer mit einem Lob abschließen, wird dem Hund allmählich klar, daß er

Lektion an der langen Leine: Beim Zuruf »Komm« ziehen Sie vorsichtig an der Leine. So lernt der Welpe, was dieses Kommando bedeutet.

sich beispielsweise bei dem Kommando »Komm!« unverzüglich zu Ihnen zu begeben hat. Diese Übung müssen Sie in Abständen immer wiederholen, auch dann noch, wenn es der Hilfe einer langen Leine nicht mehr bedarf.
Hat sich der Hund aber doch einmal eigenmächtig auf einen ausgedehnten Streifzug begeben, von dem er erst spät – aber glücklich – wieder nach Hause zurück kommt, dürfen Sie nicht die Nerven verlieren. Wenn Sie den Ausreißer jetzt schlagen, würde er sich nämlich für sein *Kommen* bestraft fühlen. Daß er ungehorsam war und durchgebrannt ist, liegt für sein Empfinden schon zu weit zurück. Müde und erfüllt von seinem Streifzug-Erlebnis ist Ihr Hund nun gern wieder zu Ihnen heimgekehrt; und da er, wie schon besprochen, immer gelobt werden muß, wenn er kommt, bleibt Ihnen auch jetzt gar nichts anderes zu tun übrig.
Prinzipiell ist Bestrafung nur dann sinnvoll, wenn Sie den Übeltäter unmittelbar bei einer Missetat erwischen. Um einen Spaniel zu erziehen, sind Schläge am allerwenigsten geeignet. Bei dieser Methode kann der Hund sehr schnell handscheu oder bissig werden. Der vielfach empfohlene harmlose Klaps mit der zusammengefalteten Zeitung macht allerdings auf die meisten Spaniels weniger Eindruck als ein strenges Wort.
Wie der junge Hund auf ganz natürliche und einprägsame Art bestraft werden kann, können Sie im Kapitel »Der Umgang mit dem Spaniel« (→ Seite 26) nachlesen.
Übrigens kann man in Abwandlung eines alten deutschen Sprichwortes sagen: »Was das Hündchen nicht lernt, lernt der Hund nimmermehr!«. Die »Grundschule« des Hundes (sprich: Erziehung für den Hausgebrauch) sollte sofort mit der Aufnahme des Welpen in die Familie beginnen. Mit sechs Monaten muß der Zögling dann so weit sein, daß er folgende Übungen beziehungsweise ein bestimmtes Verhalten beherrscht:

- Das Befolgen der Kommandos: Komm! – Sitz! – Platz! – Steh! – Aus!
- Das Bei-Fuß-Gehen, ohne an der Leine zu ziehen.
- Manierliches Verhalten in der Wohnung und auch in fremden Räumen (beispielsweise Gaststätten).
- Manierliches Verhalten beim Autofahren, und vor allem Disziplin beim Aussteigen, also nicht ohne Leine und ohne Kommando bei geöffneter Wagentür herauszuspringen!
- Nicht zu betteln und nichts von Fremden anzunehmen.

Ein Hund, der das Befolgen dieser Grundbegriffe nicht bis zum ersten halben Jahr seines Lebens erlernt hat, wird sich sehr schwer tun, es noch nachzuholen. Wahrscheinlich kann er es nie mehr richtig lernen.

Befolgen der Kommandos

Komm – Sitz – Platz

Beginnen wir mit dem Kommando *Komm,* über das ich schon kurz gesprochen habe. Der größte Fehler, den Sie machen können, ist der, Ihrem noch unerzogenen Hund nachzulaufen. Damit werden Sie nichts erreichen, im Gegenteil: Der kleine Schelm trabt jetzt erst recht davon, denn er hat ja gesehen, daß Sie ihm willig nachfolgen. Versuchen Sie es doch einmal umgekehrt und schlagen Sie die entgegengesetzte Richtung ein! Da werden Sie bemerken, wie Ihr Hund gleich stutzig wird und zögert, seinen Weg fortzusetzen. Gehen Sie aber nun zielbewußt weiter, wird es nicht lange dauern, bis der Ausreißer zu Ihnen zurückkommt. Wenn Sie diesen »Meutentrieb« geschickt ausnutzen, wenn Sie Ihren Hund anerkennend loben und vielleicht sogar einen kleinen Leckerbissen fürs Kommen parat halten, wird diese Lektion schon bald Erfolg bringen.

Sitz und *Platz* sind zwei Begriffe, die möglichst jeder Hund erlernen sollte. Nehmen Sie Ihren Schüler so kurz an die Leine, daß er seinen Kopf hochhalten muß. Nun geben Sie das Kommando »Sitz!« und drücken mit der anderen Hand sein Hinterteil nach unten, so daß ihm gar nichts anderes übrigbleibt, als sich ganz einfach hinzusetzen.

Beim Kommando »Platz!« drücken Sie den Hund an Nacken und Hinterteil nieder, bis er sich hinlegen muß. Auch hier ist nach jeder Übung wieder ein Lob wichtig. Es wirkt wahre Wunder, und Ihr Hund verliert nicht die Lust, weitere Befehle zu befolgen. Wenn Sie das täglich zwei- bis dreimal trainieren, wird der Erfolg nicht ausbleiben.

Nach durchgeführter Aufgabe das Loben nicht vergessen. Sonst verliert der »Schüler« die Lust am Üben.

Steh – Aus – Bei Fuß

Steh ist ein wichtiges Kommando, das gegeben wird, wenn der Hund angeleint werden muß, etwa weil Gefahr droht, wenn eine Straße zu überqueren ist, oder wo immer sonst es erforderlich wird.

Zur Übung führen Sie den Schüler dicht neben sich an der Leine. Jetzt rufen Sie »Steh!« und ziehen gleichzeitig die Leine so weit nach oben, daß der Hund zurückgehalten wird und tatsächlich stehenbleiben muß. Zur Unterstützung – und damit er sich nicht hinsetzt, denn dafür gibt es ja das Kommando »Sitz!« – heben Sie nun mit der anderen Hand den Bauch des Tieres (etwa in Nähe der Hinterschenkel) ebenfalls leicht nach oben. So bringen Sie den Hund erst richtig zum Stehen. Und wenn Sie auch hier mit Lob und Lohn nicht sparen, versteht er sehr bald, was von ihm verlangt wird.

Aus ist das Kommandowort für alles, was der Hund unterlassen oder hergeben soll. Wenn es also darum geht, seinem Herumtoben oder Bellen ein Ende zu setzen oder einen Ball oder gefährlichen Knochen herzugeben, dann rufen Sie energisch »Aus!« Auf gar keinen Fall dürfen Sie zulassen, daß der Hund schon nach kurzer Pause sein Treiben fortsetzt; er würde den Sinn des Kommandos nie erfassen können und die Übung bliebe erfolglos.

Das *Bei-Fuß-Gehen* ist eine Lektion, die dem Stöberhund Cocker Spaniel nicht gerade leicht fällt. Für diese Übung ist das von mir empfohlene Brustgeschirr nicht geeignet. Der zum Erlernen ausschlaggebende Ruck an der Leine soll ja von dem Schüler deutlich wahrgenommen werden, deshalb verwenden Sie dazu am besten als Halsband eine Zugkette mit gut abgerundeten Gliedern oder ein Lederhalsband, das sich ebenfalls auf den Zug hin zusammenzieht.

Nehmen Sie nun Ihren Hund an die kurze Leine und führen Sie ihn, locker gehalten, auf Ihrer linken Seite. Ein stiller Weg, an dem sich eine lange Mauer oder Hecke entlangzieht, eignet sich dafür am besten. So kann der ungestüme Schüler nicht versuchen, den »Unterricht zu schwänzen«, indem er einfach nach links ausweicht.
Jetzt kommt das etwas gedehnt gesprochene Kommando »Fuß!«, womit der Anfänger zunächst natürlich noch gar nichts anzufangen weiß. Deshalb müssen Sie einmal kurz und energisch an der Leine rucken und darauf achten, daß der dadurch aufmerksam gemachte Schüler sich in diesem Moment mit seinem Kopf ungefähr neben Ihrem linken Knie befindet. Jeder Versuch des Hundes, nach vorn zu preschen und an der Leine zu zerren, ist augenblicklich zu verhindern! Benutzen Sie dazu eine lange, dünne Gerte (Weidenrute), mit der Sie bei jedem aufkommenden »Zugzwang« dem Hund ein bißchen vor der Nase herumwedeln, ihn aber *keinesfalls* damit schlagen.
Das alles müssen Sie schon einige Male und jeden Tag immer wieder üben, bis sich der gewünschte Erfolg einstellt. Führen Sie Ihren Hund am Anfang aber nicht zu schnell, damit er gar nicht erst zum An-der-Leine-Ziehen verleitet wird. Passiert es dennoch, wenden Sie das bereits erlernte Kommando »Sitz!« an und beginnen dann die Bei-Fuß-Übung von neuem. Erst wenn der Hund begriffen hat, um was es geht, können Sie das Training mit Hilfe einer langen Leine noch vervollkommnen. Konsequenz ist auch hierbei der Meister der Erziehung. Aber Vorsicht: Die einzelnen Übungen nicht zu lange ausdehnen, damit das Tier nicht überfordert wird! Sie brauchen viel Geduld, aber schließlich lernt es dann auch der stürmischste Spaniel.

Und noch etwas: Sprechen Sie Ihre Kommandos nicht nur deutlich, sondern auch mit Nachdruck aus, damit diese nicht ohne Wirkung bleiben. Dazu folgendes Erlebnis:
Eine äußerst liebenswürdige, schon etwas ältere Dame besuchte uns und berichtete mir von der Erziehung ihres Dackels. Dem Hund war davon allerdings – selbst bei bestem Willen – nichts anzumerken. Sie hatte sich streng nach einem Hunde-Erziehungsbuch gerichtet

und versicherte mir, auch die Kommandos stets energisch erteilt zu haben. Der Erfolg war leider sehr bescheiden geblieben, denn sie war ein besonders gütiger Mensch und konnte absolut nicht hart sein – weder mit Taten noch mit Worten. Als sie ging, rief sie ihren Dackel Lumpi zu sich, der inzwischen im Garten herumgelaufen war und sich dort vergnügte. Ihr Kommando »Komm!« mit seinem leichten Tremolo klang so freundlich wie eine Einladung zum gemütlichen Verweilen. Kein Wunder, Lumpi kam natürlich nicht! Ja, der Ton macht eben die Musik; das gilt ganz besonders bei der Hundeerziehung. Verstehen Sie mich aber bitte nicht falsch. Ich meine damit nicht, daß Sie Ihren Hund anbrüllen oder beschimpfen sollten, aber ein richtig betontes, klares Wort ist für den Hund in eindeutiger Weise verständlich.

Cocker-Rüde Tricolor. ▷

Das Apportieren

Dem Spaniel liegt das Apportieren (das Bringen) im Blut. Es macht ihm große Freude, einem weggeworfenen Ball nachzulaufen, ihn zu packen und dann wie eine Jagdbeute »totzuschütteln«. Zurückbringen und wieder hergeben will er die Beute aber meistens nicht. Um ihm das beizubringen, brauchen Sie viel Geduld, denn für den Hund soll es ja ein Spiel bleiben.

Spaniels sind gute Schwimmer; es macht ihnen Spaß, den Ball aus dem Wasser zu holen.

Versuchen Sie also, ihm den Ball möglichst gewaltlos (spielerisch) abzunehmen, indem Sie darauf warten, daß er ihn einmal für einen Moment nicht mehr ganz so fest zwischen den Zähnen hält. Sobald das geglückt ist, wird wieder gelobt und ein weiterer Versuch gestartet. Nach und nach wird Ihr Spaniel immer mehr Freude an diesem Spiel gewinnen, so daß er Sie bald – zuweilen vielleicht mehr als Ihnen lieb ist – ganz von selbst dazu auffordern wird.
Hierzu ein kleines Erlebnis, das zeigt, wie nützlich es gelegentlich sein kann, wenn Sie Ihrem Hund schon einiges beigebracht haben: Meine Frau und ich waren sehr stolz darauf, daß unser Cocker Amigo gelernt hatte, so lange sitzen zu bleiben, bis wir ihm das erlösende Kommando »Komm!« gaben. Dabei konnten wir uns sogar täglich einige Meter weiter von ihm entfernen. Er blieb zwar ein wenig ungeduldig, aber doch beherrscht sitzen, bis wir ihn endlich zu uns riefen.
Bei einer dieser Übungen geschah dann etwas völlig Unerwartetes: Amigo kam auf Befehl, wie wir es ihm beigebracht hatten und legte uns etwas vor die Füße. Das Etwas war mein Autoschlüssel-Täschchen, das ich an der Stelle, an der Amigo warten mußte, im hohen Gras verloren hatte. Es war mir noch gar nicht aufgefallen – und wer weiß, ob ich die Schlüssel später noch wiedergefunden hätte? Für diese Bravourleistung gab es natürlich dann eine ganz besondere Belohnung.
Noch einige wichtige Hinweise: Machen Sie den Spieltrieb Ihres Hundes für seine Erziehung nutzbar, indem Sie schon aus dem Spiel heraus beginnen, ihn zuerst an leichtere und nach und nach an die schwierigeren Aufgaben heranzuführen. Aber nehmen Sie ihm dabei nicht die Freude an den Übungen und verlangen Sie nie zuviel auf einmal! Ein überforderter Hund ist nicht mehr lernfähig. Entweder er schaltet einfach ab oder er wird neurotisch.
Loben Sie viel, strafen Sie selten, aber schlagen Sie nie, denn nur ein fröhlicher Spaniel ist auch ein williger Schüler!
Da Sie aus Ihrem Hund ja weder einen Sklaven noch einen dressierten Zirkusaffen machen wollen, sondern nur einen zuverlässigen und rundum glücklichen Kameraden, werden Sie dieses Ziel allein durch Verständnis, Liebe, Geduld und Beharrlichkeit erreichen.
Weitere Hilfen finden Sie in jenen Büchern, die sich mit dem Thema Hundeerziehung spe-

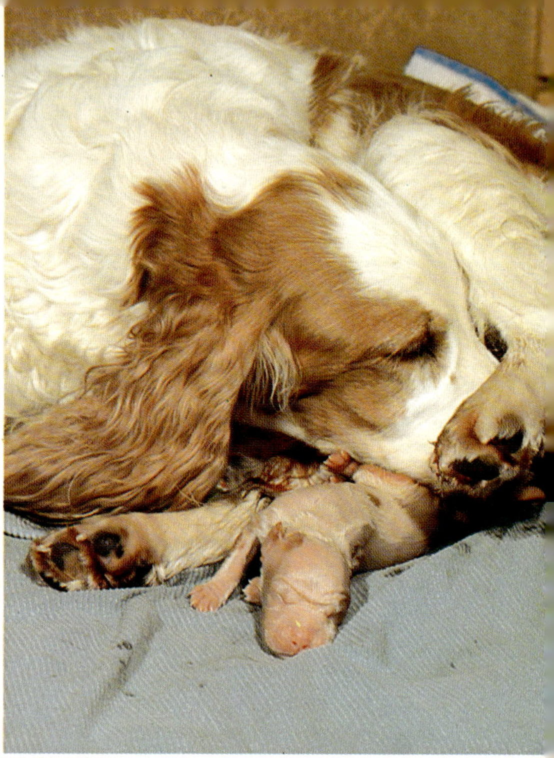

◁ Bilder einer Spanielgeburt. Oben links: Die Hündin beißt die Fruchthülle durch. Oben rechts: Das Neugeborene wird trockengeleckt. Unten: Die Welpen bei der ersten Mahlzeit.

ziell und so ausführlich befassen, wie es im Rahmen dieses allgemeinen Ratgebers verständlicherweise nicht möglich sein kann.

Die Ausbildung zum Jagdhund

Außer der Erziehung für den Hausgebrauch, die ich als »Grundschule« bezeichnet habe, gibt es dann noch die Ausbildung für die sogenannten Gebrauchshunde, also so etwas wie eine weiterbildende »Fachschule«. Den Spaniels – und hierbei vor allem Cocker und Springer – stehen hauptsächlich zwei Möglichkeiten offen, sich als »Facharbeiter« zu qualifizieren. Die eine ist die Spezialausbildung zum Rauschgift-Suchhund, die andere Möglichkeit ist die im allgemeinen viel bedeutendere Ausbildung zum Jagdhund, der eigentlichen Berufung fast aller Spanielarten. Leider ist der praktizierende Jagdhund heute bei uns verhältnismäßig selten anzutreffen, da der Spaniel inzwischen überwiegend als Haus- und Begleithund gehalten wird. Dementsprechend konzentriert sich denn auch das Interesse der Mehrheit auf die Probleme der nicht berufsbedingten Hundehaltung. Dennoch soll der für die naturgemäße Arterhaltung der Spanielrassen so wichtige Jagdgebrauch hier nicht unerwähnt bleiben.
Zum Lehrplan des zukünftigen vierbeinigen Jagdhelfers gehören unter anderem das Erlernen des Aufstöberns, Suchens und Apportierens der Wildbeute. Eine der Schwierigkeiten dabei ist, den angeborenen Raubtrieb des Hundes so umzuwandeln, daß dieser – statt die Beute an Ort und Stelle zu verzehren – sie getreulich seinem Herrn abliefert. Jäger und Hund müssen ein Team bilden, bei dem sich in der Praxis einer auf den anderen verlassen kann.

Bevor es dazu kommt, sind verschiedene Anlagen- und Gebrauchs-Prüfungen zu bestehen, die von den Landesgruppen des Jagdspaniel-Klub e. V. im Frühjahr und Herbst jeden Jahres abgehalten werden. Nasenarbeit, Spurlaut, Spurwille, Spursicherheit, Stöberanlage, Wasserfreude, Führigkeit und Schußfestigkeit sowie Verlorensuchen mit dem Bringen von Federwild sind die wichtigsten Prüfungsfächer. Erfreulicherweise interessieren sich seit einiger Zeit immer mehr Hundefreunde und vor allem auch Nicht-Jäger für solche Leistungsprüfungen. Sie haben wohl erkannt, daß es dabei so vieles zu lernen gibt, was auch für Hunde, die nicht zur Jagd eingesetzt werden, wichtig und vorteilhaft ist.
Die Jagdhundausbildung ist, wie jeder Fachmann weiß, sehr umfangreich und intensiv. Sie sollte daher auch nur unter der sachverständigen Anleitung erfahrener Ausbilder und Jäger durchgeführt werden.

Höhepunkt einer Spanielerziehung ist die Ausbildung zum Jagdhund.

Wenn Ihr Spaniel krank wird

Bevor wir uns mit den zumeist äußerlich erkennbaren Anzeichen von Krankheiten und Störungen befassen, wollen wir zum besseren Verständnis der Zusammenhänge zunächst ganz kurz einen Blick auf den Körperbau des Hundes werfen.

Kleine Hunde-Anatomie:

Das Skelett des Hundes besteht aus 256 fest oder gelenkig miteinander verbundenen Einzelknochen. Die vordere, von den oberen Schulterblatträndern unterlagerte Rückenpartie wird »Widerrist« genannt. Zur Größenbestimmung (Schulterhöhe) eines Hundes wird die Entfernung vom Boden bis zum höchsten Punkt des Widerristes gemessen, wobei das Tier in natürlicher Haltung auf einer ebenen Fläche stehen soll. Brust- und Lendenwirbelsäule sind so gelagert, daß das starke Abbiegen der Lendenpartie – beispielsweise für die eingerollte Schlafhaltung (→ Seite 59) – und das weite Vorgreifen der hinteren Gliedmaßen (beim Rennen) gewährleistet ist. Das aus den sieben Knochen der Hinterfußwurzel zusammengesetzte Sprunggelenk ermöglicht die für alle Hunde typischen Gangarten und natürlich auch, wie es die Bezeichnung ja schon ausdrückt, das Springen.
Die für die Tätigkeit der ca. 250 Muskelgebilde benötigte Energie wird aus den Grundstoffen der zugeführten Nahrung (Kohlenhydrate, Fette und Eiweiß) gewonnen, deren größter Teil sich jedoch in Wärme umwandelt, die zur Erhaltung der Körpertemperatur erforderlich ist.
Von den inneren Organen sind Herz und Lunge besonders kräftig ausgebildet. Ihnen verdankt der Hund seine Ausdauer und Schnelligkeit. Der sehr dehnungsfähige Magen ermöglicht die Aufnahme größerer Futtermengen bei einer einmaligen Tagesmahlzeit. Auch die Harnblase ist sehr elastisch und macht somit die Speicherung jener Urinmengen möglich, die vor allem von den Rüden zur umfassenden Markierung (→ Seite 60) ihres Reviers benötigt werden.
Das für den Hund wichtigste äußere Organ ist seine ungemein feinnervige Nase, die ihm gewissermaßen als »Witterungskompaß« dient (→ Seite 61).

Gesundheitsstörungen – Krankheiten und ihre Anzeichen

Es gibt nur *eine* Gesundheit, aber leider alle möglichen Krankheiten – das trifft auf alle Lebewesen zu. Wir Menschen sind uns dessen bewußt, und wir können anderen mitteilen, wann und wo uns etwas weh tut. Bei Tieren aber können wir Gesundheitsstörungen nur erraten, wenn wir bemerken, daß sich ihr Verhalten oder ihr Äußeres verändert hat. Will unser Hund nichts mehr fressen, oder trinkt er vielleicht mehr als gewöhnlich? Ist er unlustig und schlapp, oder läßt er sich nicht mehr gern anfassen? All dies sind Anzeichen, die eine Krankheit ankündigen können.
Wenn das normalerweise seidig glänzende Fell Ihres Spaniels plötzlich stumpf aussieht und seine Augen vielleicht ein wenig trüb sind, dann ist gewiß irgend etwas mit dem Tier nicht in Ordnung.
Manche Hundehalter versuchen erst einmal, ihren Hund auf eigene Faust zu kurieren. Tun Sie das bitte nicht! Sie können damit großen Schaden anrichten. Ein kranker Hund gehört zum Tierarzt und möglichst immer zu dem gleichen. Der Doktor, der seinen Patienten

schon kennt, hat es leichter, eine Diagnose zu stellen. Sie können ihm dabei helfen, indem Sie auf das veränderte Benehmen Ihres Hundes aufmerksam machen.
Ist der Tierarzt nicht erreichbar (beispielsweise am Wochenende), müssen Sie sich zunächst selbst behelfen können. Für alle Notfälle sollte jeder Hundebesitzer mit einem ausreichenden Grundwissen über Hundekrankheiten, deren Erkennung sowie über die Maßnahmen zur ersten Hilfeleistung gerüstet sein.

Bei ernsthaften Erkrankungen des Spaniels nicht erst selber herumdoktern, sondern gleich den Tierarzt aufsuchen.

Der Fellzustand ist ein deutlicher Signalgeber für das Allgemeinbefinden des Hundes, denn jede Veränderung verweist auf eine vorliegende Gesundheitsstörung.
Glanzloses Fell kann die Folgeerscheinung eines nicht richtig ausgewogenen Futters sein. Vielleicht fehlen dem Tier Vitamine, Spurenelemente oder Hormone? Stumpfes Haar kann auch Wurmbefall, Leber- und Nierenerkrankungen sowie Infektionen signalisieren.
Haarausfall und Haarbruch ist entweder eine Alterserscheinung oder deutet Pilz- oder Parasitenbefall an. Ebenso werden Vitamin- oder Hormonmangel sowie Ekzeme, Nierenschäden und Vergiftungen dadurch angezeigt.
Haarsträuben ist nicht nur ein Zeichen der Erregung, sondern auch bei Hautgeschwüren, einem Grützbeutel oder einer Allergie zu beobachten.
Trockene, warme Nase muß nicht unbedingt ein Krankheitszeichen sein, obwohl beim gesunden Hund der Nasenschwamm im allgemeinen feucht und kalt ist. Im Zweifelsfall Fieber messen!
Dauerndes Naselecken kann durch eine Verletzung oder einen Fremdkörper auf der Zunge, aber auch durch Schnupfen ausgelöst werden. Auch eine Halsentzündung macht sich auf diese Weise bemerkbar.
Niesen oder husten kann auf einen Fremdkörper im Hals-Nasen-Rachenbereich hinweisen und auch eine Erkältung oder Mandelentzündung ankündigen. Bei erhöhter Temperatur muß Erkältung auch als Staupe-Symptom in Betracht gezogen werden.
Chronischer Husten bei alten Hunden beruht meist auf Herzschwäche. Stärkungsmittel beim Tierarzt!
Blasse Schleimhäute – an den Lefzen und am Inneren der Augenlider erkennbar – können starken Blutverlust oder auch eine Vergiftung anzeigen.
Augentränen kann durch Bindehautreizung, -entzündung oder Katarrh ausgelöst werden. Entweder hat Ihr Hund Zugluft oder einen Fremdkörper ins Auge bekommen. Spülungen mit Borwasser sind nicht zweckmäßig. Besser ist es, das Sekret mit einem sauberen, weichen Tuch vorsichtig zu entfernen, um wenigstens vorübergehend den Juckreiz zu lin-

dern. In Verbindung mit Fieber können tränende Augen auch ein Anzeichen für Staupe (→ Seite 52) sein. Tierärztliche Behandlung ist auf jeden Fall unerläßlich.
Fortwährendes Schiefhalten des Kopfes läßt eine Entzündung im Gehörgang oder eine Störung im Gehirn vermuten.
Ungewöhnliche Geräusche, auch Frequenzen, die das menschliche Ohr nicht mehr wahrnehmen kann (beispielsweise beim Fernsehen), können den Hund ebenfalls zu einer schiefen Kopfhaltung veranlassen, die dann natürlich harmlos ist.
Kopfschütteln deutet auf einen Fremdkörper am oder im Ohr hin. Es kann aber auch eine Ohrenentzündung (Ohrenzwang) ankündigen, die unbedingt tierärztlich behandelt werden muß.

»*Schlittenfahren*« oder *Afterrutschen*: Wenn der Hund auf seinem Hinterteil rutscht (mit Vorliebe auf dem Teppich), hat er entweder einen Juckreiz oder/und einen Fremdkörper am After.
Möglicherweise handelt es sich aber um eine entzündliche Analdrüsen-Verstopfung oder um den Befall des Dickdarms mit Madenwürmern. In den beiden letztgenannten Fällen den Tierarzt aufsuchen!
Häufiges Kratzen kann auf Ungeziefer im Fell hinweisen. Kontrollieren Sie also, ob sich Flöhe, Läuse oder Zecken eingenistet haben. Hier helfen Puder, Sprays oder Waschlösungen, die Sie im Zoohandel bekommen.
Wenn sich der Hund immer wieder an einer bestimmten Stelle kratzt, können auch Schmerzen die Ursache dafür sein. Bringen Sie ihn zum Tierarzt, bevor die Kratzstelle wund wird und sich Ekzeme bilden.
Geschwollener Fang ist meistens die Folge eines Insektenstiches (Biene oder Wespe) und kann sehr gefährlich aussehen. Die Schwellung geht aber nach einiger Zeit von selbst zurück.
Fieber zeigt stets Entzündungen oder Infektionskrankheiten an. Tierarzt aufsuchen! Anzeichen: Stumpfes, glanzloses Fell, trübe Augen, Apathie und auffallend mehr Körperwärme als gewöhnlich (*Fiebermessen* → Seite 54).
Da Fieber zunächst eine Abwehrreaktion ist, soll es nicht von vornherein bekämpft werden. Gefahr besteht jedoch bei längerem Andauern und beim Ansteigen der Körpertemperatur über 39,5° C.
Erbrechen muß nicht immer ein Zeichen von Krankheit sein. Bei zu schnell verschlungenem oder schwerverdaulichem Futter sowie bei übermäßiger Nahrungsaufnahme frißt der Hund manchmal Gras als Brechmittel zur Magenentlastung. Erbrechen kann bei einigen Hunden auch eine Reaktion bei Auto- oder Bahnreisen sein. In diesen Fällen hilft eine rechtzeitig vor dem Start verabreichte Tablette gegen Reisekrankheit (Apotheke), die be-

ruhigend auf das vegetative Nervensystem wirkt.
Häufiges Erbrechen, vor allem wenn es von Fieber begleitet wird, deutet auf das Vorliegen eines krankhaften Prozesses hin. Nur der Tierarzt kann dann feststellen, ob es sich um eine Magen-Darm-Störung, eine Vergiftung oder gar um Staupe oder die Stuttgarter Hundeseuche handelt.
Durchfall ohne Fieber läßt sich am besten mit Pfefferminztee, dem eine Prise Salz zugegeben wird, kurieren. Trinken ist wichtig, weil der Flüssigkeitsverlust ausgeglichen werden muß. Wenn es noch außerdem einen ganzen Tag nichts zu futtern gibt, wird schon bald eine Besserung erreicht. Danach gibt es zunächst nur etwas Haferflockenbrei mit rohem, geriebenen Apfel, dem zwei bis drei zerstoßene Kohlekompretten beigemengt werden. Damit der Hund diese Kost auch annimmt, darf sie mit ein wenig Beefsteakhack schmackhafter gemacht werden.
Unserem Cocker Spaniel Amigo war in solchen Fällen immer am besten mit einem alten Bauernmittel zu helfen: Ein Schnapsgläschen (aber wirklich nur ein kleines) voll Cognac mit einem darin verquirlten Eidotter. Er schleckte es sogar gern und freiwillig aus seinem Futternapf.
Durchfall, der sich in drei Tagen noch nicht merklich gebessert hat – oder wenn Fieber hinzukommt –, muß vom Tierarzt behandelt werden.
Übermäßiges Trinken kann die Folge einer zu salzhaltigen Kost sein. Auch nach Durchfall oder Erbrechen stellt sich erhöhter Flüssigkeitsbedarf ein. Andernfalls kann Verdacht auf Zuckerkrankheit, Nieren- oder (bei Hündinnen) Gebärmutterentzündung bestehen.
Dunkler Urin kann futterbedingt, aber auch ein Krankheitszeichen sein.
Blut im Urin ist immer ein Alarmzeichen, denn es zeigt eine Erkrankung des Blasen-Nierenbereiches oder der Harnwege an. Sofort den Tierarzt aufsuchen!
Blut im Stuhl ist unbedingt ernst zu nehmen. In Verbindung mit häufigem Erbrechen kann eine lebensbedrohende Vergiftung vorliegen. Nicht mit Milch kurieren! Besser einige in Wasser aufgelöste Kohletabletten einflößen. Trotzdem sofort zum Tierarzt!
Schmarotzer im Darm: Genau wie die Schutzimpfung, sollte auch die Entwurmung bereits vor dem Kauf eines Welpen durchgeführt worden sein, denn kaum ein Hundebaby kommt ohne die Mitgift eines Spulwurmes zur Welt. Die Entwurmung geschieht unter Anweisung des Tierarztes, der das erforderliche Mittel und eventuell auch eine Wiederholungskur verordnet.
Da ältere Hunde Abwehrstoffe bilden, werden sie seltener von Spulwürmern geplagt. Bei länger anhaltendem Durchfall ist jedoch eine tierärztliche Kotuntersuchung anzuraten, die Aufschluß darüber geben kann, ob vielleicht Haken-, Peitschen- oder Bandwurmbefall vorliegt.
Krämpfe können Infektionen, akute Stoffwechselstörungen und unter anderem auch Vergiftungen mit Giftweizen oder Schneckengift anzeigen.
Muskelkrämpfe treten aber auch manchmal als hysterische Reaktion nach einer hochgradigen Erregung auf.
Lahmen ist vor allem bei älteren Hunden meist rheumatisch bedingt. Auch eine Prellung oder Verstauchung ist möglich. Weitere Anlässe können Kreislaufstörungen oder Altersschwäche sein. Außerdem ist das Lahmen auch eine Begleiterscheinung der Staupe (→ Seite 52) und der Stuttgarter Hundeseuche (Leptospirose → Seite 53).

Ekzeme, eine von Juckreiz begleitete Hautkrankheit, können an fast allen Körperstellen entstehen. Einige Spaniels haben eine gewisse Anfälligkeit für das Lefzenekzem, eine nässende und teilweise eitrig infizierte Verkrustung in der Lippenfalte des Unterkiefers. Die Behandlung (beispielsweise mit Delmeson-Schaum) muß vom Tierarzt verordnet werden. Vorbeugung: Nach jeder Fütterung den Fang des Tieres – und besonders die Lefzen – gründlich abwischen, damit sich keine Futterreste ansammeln, die dort verwesen können.
Geschwulst kann harmlos (»gutartig«) oder gefährlich (»bösartig«) sein.
Je rascher sich eine Geschwulst vergrößert, um so gefährlicher kann sie sein. Deshalb nicht zögern, den Tierarzt aufzusuchen, denn nur er kann feststellen, ob es sich um ein harmloses oder um ein krebsartiges Gewächs handelt.
Scheinträchtigkeit ist eine hormonell bedingte Verhaltensstörung. Sie tritt bei manchen Hündinnen etwa acht bis neun Wochen nach der Läufigkeit auf (→ Seite 32).
Das Gesäuge schwillt an, und die Milchabsonderung setzt ein. Recht viel Bewegung, mäßiges Trinken und Futtergaben mit möglichst geringem Eiweißgehalt verhelfen zur Normalisierung. Schwellungen und Milchproduktion gehen zurück, wenn das Gesäuge dreimal täglich mit kaltem Wasser, dem etwas Weinessig zugesetzt wurde, befeuchtet wird. Auch eine zweimal tägliche Einreibung mit Kampfersalbe ist anzuraten. Sollte bei all diesen Bemühungen nach etwa zehn Tagen immer noch keine Besserung eingetreten sein, wird die tierärztliche Behandlung mit Hormonpräparaten notwendig.

Die häufigsten und gefährlichsten Infektionskrankheiten

Über die vier folgenschwersten Infektionskrankheiten sollte jeder Hundehalter und besonders der Besitzer eines jungen Hundes unbedingt Bescheid wissen. Vergewissern Sie sich, ob das Tier schon beim Kauf ordnungsgemäß schutzgeimpft ist (→ Seite 53). Sorgen Sie auch dafür, daß die Wiederholungsimpfungen rechtzeitig und regelmäßig beim Tierarzt durchgeführt werden. Bei gewissenhafter Befolgung dieser Vorsorgemaßnahmen besteht kein Grund zu weiterer Furcht, denn ein ausreichend immunisierter Hund ist gegen die gefährlichen Viren und Bakterien (winzige, lebende Krankheitserreger) geschützt und bleibt daher vor den folgenden Infektionen bewahrt:

Hunde-Staupe

Anzeichen: Fieber, Durchfall, Husten, tränende und verklebte Augen.
Im fortgeschrittenen Stadium: Krämpfe und Bewegungsstörungen.
Werden junge Hunde von dieser tückischen Virusinfektion betroffen, so gibt es praktisch keine Heilungschance. Aber auch die Staupe im Alter hat meist unheilbare Nervenstörungen zur Folge.
Dank eines neuartigen Impfstoffes können heute bereits zwei Wochen alte Welpen zuverlässig geimpft werden. Allerdings ist eine Wiederholungsimpfung der Tiere im dritten bis vierten Lebensmonat unbedingt erforderlich. Die Immunität hält dann etwa zwei Jahre an.

Hepatitis (ansteckende Leberentzündung)

Anzeichen: Fieber, Entzündungen im Nasen- und Rachenraum, Durchfall sowie deutliche

Schmerzempfindlichkeit im Bauch.
Auch diese Virusinfektion kann Hunde jeden Alters befallen, wenngleich Junghunde – wie bei der Staupe – am meisten gefährdet sind. Nach einer überstandenen Hepatitis können Hornhauttrübungen auftreten, die nicht selten zur Erblindung des Tieres führen. Rechtzeitige tierärztliche Behandlung mit Serum, Antibiotika, Vitaminen und gleichzeitiger künstlicher Ernährung kann erfolgreich sein. Sicheren Schutz gewährt die Impfung zur Grundimmunisierung der Welpen in der 7. bis 9. und 12. bis 14. Lebenswoche mit Wiederholungsimpfungen nach jeweils ein bis zwei Jahren.

Leptospirose (Stuttgarter Hundeseuche)
Anzeichen: Fieber, Müdigkeit, Appetitmangel, Erbrechen, häufig auch Schwäche in den Hinterläufen. Mandelentzündung, Magen-, Darm- und Nierenerkrankungen.
In schweren Fällen: Gelbsucht, Bewegungsstörungen, Aasgeruch aus dem Fang.
Diese Bakterien-Infektion wird durch verschiedenartige Leptospiren-Erreger verursacht und ist nur durch mehrmalige Blutuntersuchungen genau zu diagnostizieren. Vorbeugend ist eine alljährliche Schutzimpfung.

Tollwut
Anzeichen: Abnormes Verhalten, Beißwut, Raserei, Lähmungen, Krämpfe und Abmagerung.
Diese tödliche Erkrankung ist bis heute immer noch nicht heilbar und deshalb anzeigepflichtig.
Der Tollwuterreger ist ein Virus, das von infizierten Tieren mit dem Speichel ausgeschieden wird und – hauptsächlich durch Bißverletzungen – auch den Menschen gefährdet. Verdächtige Tiere müssen unter tierärztlicher Beobachtung in Quarantäne gehalten werden. Alle Personen, die mit dringend tollwutverdächtigen Tieren in Kontakt getreten sind, müssen sich umgehend einer Impfbehandlung unterziehen.
Die Schutzimpfung für Welpen kann schon ab der 7. Lebenswoche erfolgen und ist nach jeweils ein bis zwei Jahren zu wiederholen.

Die Beschreibung dieser vier schlimmsten Hundekrankheiten soll Sie nicht ängstigen, sondern erkennen lassen, wie ungemein wichtig die Einhaltung der vorgeschriebenen Impfbehandlungen ist. Die strikte Befolgung dieser Vorbeugungsmaßnahmen bedeutet nicht nur einen sicheren Schutz für Ihren Hund, sondern auch für Sie selbst, für Ihre Familie und Ihre Mitmenschen.
Zur Vereinfachung der notwendigen Impfmaßnahmen wurden Kombinationsimpfstoffe entwickelt, die gleichzeitig gegen Staupe, Hepatitis, Leptospirose und Tollwut wirksam sind. Sämtliche Schutzimpfungen sind für den Hund und seine Besitzer ungefährlich und unschädlich, da die so behandelten Tiere weder ein Virus ausscheiden noch Virusträger sind und auch keine Folgeerkrankung für sie zu befürchten ist.
Wenden Sie sich rechtzeitig an Ihren Tierarzt. Er wird Sie ausführlich beraten und jede ordnungsgemäß durchgeführte Schutzimpfung im *Internationalen Impfpaß* ihres Hundes eintragen. Dieses Dokument entspricht den Vorschriften der internationalen Fachverbände und beinhaltet vor allem die Tollwut-Impfbescheinigung, außerdem aber auch die amtlichen Gesundheits- und Identitätsnachweise. Diese Papiere benötigen Sie hauptsächlich für Auslandsreisen, sie werden aber auch von Hundepensionen und bei Hundeausstellungen verlangt. Gerät Ihr Hund einmal in Toll-

wutverdacht – wobei schon der Kontakt mit einem verdächtigen Tier genügt – kann der Amtstierarzt ebenfalls die Vorlage einer Impfbescheinigung verlangen.

Handgriffe, die jeder Hundehalter beherrschen sollte

Wer einem Tier wirksam helfen will, muß wissen, wie es gemacht wird.

Fiebermessen: Die normale Körpertemperatur bei den mittelgroßen Spanielarten beträgt 38,4 bis 38,8° C (bei den Zwergspanielarten bis 39,0° C). Bis zu 39,3 Grad besteht erhöhte Temperatur, was darüber hinausreicht, bedeutet Fieber.

Zum Messen der Temperatur wird ein mit etwas Vaseline eingefettetes Fieberthermometer vorsichtig in den After eingeführt und erst nach ca. 3 Minuten wieder herausgenommen. Dabei sollte eine Hilfsperson den Hund (am besten auf einem Tisch) gut festhalten: Einen Arm um die Brust des Tieres legen, mit der anderen Hand die Rute hochhalten.

Das Wiegen des Hundes ist am einfachsten, wenn Sie das Tier auf den Arm nehmen, mit ihm auf die Waage steigen und nachher Ihr Gewicht vom Gesamtergebnis abziehen.

Das Normalgewicht eines erwachsenen Cokker Spaniels beträgt ca. 12 bis 14 kg. (Tabelle → Seite 35).

Eingeben von Medikamenten in Form von Pillen oder Pulver: Das Medikament gut in ein Hackfleischkügelchen einrollen und dem Hund möglichst tief in den Fang hineingeben. Warten Sie aber, bis er es wirklich hinuntergeschluckt hat.

Eingeben von Tropfen und anderen Flüssigkeiten: Auf einer Seite die Lefze ein wenig herausziehen, so daß eine kleine Mulde entsteht, in die Sie die Flüssigkeit langsam einrinnen lassen. Damit nichts danebenlaufen kann, sollte der Kopf des Tieres dabei etwas angehoben werden. In schwierigen Fällen: Fang und Nasenlöcher so lange zuhalten, bis der Hund schlucken muß.

Das Verabreichen von Zäpfchen wird am besten von zwei Personen durchgeführt. Während einer den Hund festhält, ihn streichelt und beruhigt, hat der andere die Aufgabe, das Zäpfchen langsam und vorsichtig, aber möglichst weit in den Darm einzuschieben.

Das Festhalten des Hundes ist bei einigen Heil- und Pflegemaßnahmen unumgänglich. Am sichersten wird der Hund mit einem Arm so umfaßt, daß sein Kopf in der Armbeuge liegen kann. So bleibt die andere Hand frei zur Behandlung, zum beruhigenden Streicheln oder um dem Tier noch mehr Halt

Wer von uns beiden hat denn schon wieder zugenommen?

geben zu können. Falls der Hund bissig ist oder einen Schock erlitten hat, legen Sie ihm besser einen Maulkorb an. Notfalls können Sie den Fang auch mit einer Schlinge (beispielsweise aus Verbandsmaterial), die hinter dem Kopf zugebunden wird, wirkungsvoll geschlossen halten.
Erste Hilfe erfordert Ruhe und umsichtiges Handeln! Versuchen Sie zunächst, das verunglückte Tier zu beruhigen, indem Sie ihm gut zureden. Der Hund muß so schnell wie möglich zum Tierarzt gebracht werden (Transport zum Tierarzt → unten). Dieser sollte bei schweren Unfällen schnellstmöglich telefonisch verständigt werden, damit bei Eintreffen des verletzten Tieres gleich mit der Behandlung begonnen werden kann.
Oberflächliche Verletzungen sind einstweilen mit einem Notverband zu schützen. Dabei keinen Puder und keine Salbe verwenden! Schürfwunden können mit Wundgel bestrichen werden.
Bei inneren Verletzungen oder Bewußtlosigkeit keine Flüssigkeiten einflößen! Verstauchungen und Prellungen werden mit einem in kaltem Wasser angefeuchteten Tuch gekühlt, bis die Schwellung allmählich zurückgeht.
Bei einer Vergiftung kann das Auslösen des Erbrechens Besserung bringen, solange das Gift noch nicht in den Blutkreislauf übergegangen ist. Es sollte jedoch keine Milch gegeben werden; besser: Zwei in wenig Wasser aufgelöste Teelöffel Salz einflößen.
Das Abbinden stark blutender Wunden muß stets oberhalb der Verletzung (in Richtung Herz) erfolgen. Wenn kein Verbandszeug greifbar ist, kann auch ein Streifen Stoff oder ein Gummiband dazu verwendet werden. Wichtig ist, daß so fest abgebunden wird, bis kein Blut mehr aus der Wunde austreten kann, und daß der Verband alle halbe Stunde für kurze Zeit gelockert werden muß. Umgehend den Tierarzt aufsuchen!

Die Hunde-Hausapotheke

In keinem »Spaniel-Haushalt« sollte eine mit den notwendigsten Mitteln und Instrumenten ausgestattete Hunde-Hausapotheke fehlen. Medizin, Salben, Puder, Verbandsmaterial und Pflaster sowie Schere und Pinzette sind am besten in einem eigens hierzu bestimmten und vor Kindern gesicherten Schränkchen aufzuheben. Der Tierarzt wird Ihnen das Wichtigste für Ihren Hund gern zusammenstellen.
Achtung: Alte, zersetzte und verdorbene Präparate gehören in den Mülleimer!

Transport zum Tierarzt

Für den Transport des Hundes eignet sich beispielsweise ein offener Pappkarton, den Sie mit einer Decke oder ähnlichem ausgepolstert haben. Für Zwergspaniels genügt schon eine Einkaufs-Tragtasche, die ebenfalls oben offen bleiben soll.
Zum Aufheben umfassen Sie das Tier mit einem Arm in Höhe der Kniegelenke, während Sie mit der anderen Hand die Brust abstützen.
Schwerverletzte oder bewußtlose Hunde sind mit Hilfe einer weiteren Person möglichst behutsam und in der Seitenlage auf einer Decke – wie auf einer Tragbahre – zu transportieren. Damit das ohnmächtige Tier nicht ersticken kann, müssen Sie ihm vorher die Zunge aus dem Fang ziehen.
Vorsicht: Schock- und Schmerzreaktionen können selbst die ruhigsten und bravsten Hunde plötzlich bissig werden lassen!

Schmerzlose Tötung

Sie ist nur bei einem äußerst gebrechlichen, sehr kranken oder schwerverletzten Tier, *für das ein Weiterleben mit nicht behebbaren Schmerzen oder Leiden verbunden ist,* gerechtfertigt – dann kann sie sogar geboten sein!

Dies ist aber nicht der Fall, wenn ein durchaus gesunder Hund – ganz gleich, aus welchen Gründen – abgeschafft werden soll. Auch hohes Alter ist allein noch kein Grund zur Tötung, da Hunde dank ihres hochentwickelten Geruchssinnes nicht ausschließlich auf die einwandfreie Funktion von Gehör und Augenlicht angewiesen sind.

Ist aber eine Tötung aus den zuerst angeführten Gründen nicht mehr zu umgehen, sehen sich wirkliche Tierfreunde vor eine schwere Entscheidung gestellt. Wie schlimm ein solch plötzlicher Verlust des geliebten, treuen Begleiters ist, weiß ich aus eigener Erfahrung. Amigo mußte wegen einer schweren und nicht mehr heilbaren Pflanzenschutzmittel-Vergiftung nach allen nur denkbaren Rettungsversuchen schließlich doch eingeschläfert werden. Die Injektion erfolgte stufenweise bei ansteigender Narkotisierung und war für das Tier tatsächlich so gut wie schmerzlos, denn es spürte ja nur für einen ganz kleinen Moment den Nadelstich – wie bei jeder anderen Spritze. Amigo schlief vollkommen friedlich in meinen Armen ein, so als hielte er nur ein kurzes Nickerchen auf meinem Schoß, wie er es oft sehr gern getan und genossen hatte. Freilich, ein unbeschreiblich großer Schmerz traf meine Frau und mich, aber wir versuchten uns damit zu trösten, daß wir dem so geliebten Tier weitere furchtbare Qualen ersparen konnten.

Spaniels verstehen lernen

Kleine Abstammungsgeschichte

Die meisten Spanielarten sind Abkömmlinge der englischen Stöber- und Apportierhunde. Ihr bekanntester und am stärksten verbreiteter Vertreter ist der Cocker-Spaniel, dessen Name sich sehr wahrscheinlich von »woodcock« (Waldschnepfe) oder von »cock pheasant« (Fasan) – den Beutetieren, die er bei der Jagd aufzustöbern und zu bringen hatte – herleiten läßt. Fraglicher ist, ob der Sammelbegriff »Spaniel« auf das Land Spanien oder auf das karthagische Wort »span« für Kaninchen zurückgeht.
Unbeweisbar geblieben ist auch, ob dereinst spanielartige Jagdhunde vom Mittleren Osten nach Europa gelangt sind. Dessen ungeachtet wird heute England als Stammland der Spanielrassen betrachtet.
Dazu einige Zahlen: Bereits im Jahre 948 werden Spaniels in einem Gesetzestext und 1594 in Shakespeares »Sommernachtstraum« erwähnt. Seit 1893 ist der Cocker-Spaniel als eigenständige Rasse anerkannt und 1907 wurde der *Jagdspaniel-Klub* in Deutschland gegründet.
Der Stammvater aller unserer heutigen Haushunde – es gibt etwa 300 Rassen! – ist der Wolf. Die Haustierwerdung (Domestikation) läßt sich etwa 12 000 Jahre zurückverfolgen.
Trotz dieser langen Gemeinschaft mit dem Menschen haben alle unsere Hunde wölfische Eigenschaften beibehalten. Sie leben wie einst in Rudeln, denn als solche werden von ihnen ersatzweise auch Menschenfamilien betrachtet. Sie sind gewöhnt, sich einem Leittier – verkörpert auch von Herrchen oder Frauchen – unterzuordnen. Nicht zuletzt ist auch der Jagdtrieb unseres Spaniels ein Erbgut seiner wilden Vorfahren.

Charakteristisches Hundeverhalten

Das Verhalten des Hundes entstammt einer Mischung aus angeborenen Trieben (Instinkten), den Folgen der Domestikation sowie aus Umwelteinflüssen, zu denen nicht zuletzt auch die Beeinflussung durch den Menschen gezählt werden muß. So können wir sagen: Je weniger Kontakt ein Hund mit Menschen hat, um so wolfsähnlicher entwickelt sich sein Verhalten. Typische Beispiele sind Menschenscheu, Futterneid und rasch entflammbare Aggressivität. Je besser er in die Gemeinschaft mit Menschen integriert ist, um so mehr formt sich sein Verhalten zum Muster eines typischen Haushundes, woraus wir Rückschlüsse auf seine Haltung ziehen können.
Obwohl die Veranlagung zur Lernfähigkeit bei jedem einzelnen Hund sowie bei den verschiedenen Rassen recht unterschiedlich ausgeprägt ist, gleichen sich alle unsere heutigen Haushunde doch annähernd in ihrem Grundverhalten. Um sich verständlich zu machen, benutzen sie alle mehr oder weniger die gleichen Ausdrucksformen, die als Laut- und Körpersprache bezeichnet werden.

Lautsprache

Die Lautsprache des Hundes, ganz allgemein als »Bellen« bezeichnet, erstreckt sich über eine breite Lautskala, angefangen beim Fiepen und Winseln bis zum wirklichen Bellen, Heulen und Knurren, wobei es noch vielerlei Abstufungen gibt. Somit verfügt der Hund für jede Gelegenheit über eine ganz spezielle Lautäußerung, und wer aufmerksam hinhört, wird deren Bedeutung sehr bald zu unterscheiden wissen.

Körpersprache

Sie wird vorwiegend mit dem Schwanz, der »Rute«, zum Ausdruck gebracht. Wenn der

Hund damit wedelt, will er Freundlichkeit signalisieren. Eine eingezogene Rute bedeutet: »Ich habe Angst« oder »Ich fühle mich schuldig«. Hunde, die – wie der Cocker Spaniel – nur über ein Stummelschwänzchen verfügen, tun sich da allerdings etwas schwer. Deshalb wackeln sie bei großer Freude gleich mit dem ganzen Hinterteil.

Natürlich spielt auch die Körperhaltung bei der Körpersprache des Hundes eine bedeutende Rolle. Ihr Spaniel muß nicht immer »hundemüde« sein, wenn er es sich, flach auf dem Boden ausgestreckt, gemütlich macht. Es kann auch bloß ein Ausdruck der Zufriedenheit und des Wohlbefindens sein. Amigo liebte es sehr, seinen Kopf dabei etwas erhöht, beispielsweise auf einem Kissen oder einer Stuhllehne, zu lagern.

Wenn der gesamte Hundekörper eine gestreckte, ja gespannte Haltung einnimmt, kann das zweierlei besagen: Entweder ist das Tier wirklich in erwartungsfroher Spannung, wobei das Stummelschwänzchen heftig rotiert, oder es kommt bei Stillstand der Rute und gesträubtem Nackenhaar gleich zu einem Verteidigungsangriff gegen einen Widersacher. In diesem Fall ist die gestreckte Haltung also eine Ärgernis-Äußerung.

Gesten und Gesichtsausdruck

Um die Sprache der Hunde noch besser verstehen zu können, sollten wir aber auch auf ihre anderen Gesten achtgeben. So verrät uns beispielsweise der Gesichtsausdruck des Hundes, was in ihm vorgeht. Der Cocker Spaniel stellt durchaus nicht immer nur seinen angeblich unvermeidbaren melancholischen Blick zur Schau. Bei genauerem Beobachten können wir entdecken, daß auch er viele Gesichter hat und lustige, listige, zufriedene oder auch böse Augen machen kann.

Die Ohren spitzen kann er natürlich nicht, denn er gehört ja zu den Hängeohrigen. Wenn ein Spaniel sehr aufmerksam ist, kann er aber die verhältnismäßig schweren Ohrlappen bis zu einem gewissen Grad anwinkeln, was ganz lustig aussieht, bei den gestrengen Richtern auf den Hundeausstellungen aber nicht gern gesehen wird. Spaniels sollen eben möglichst tief angesetzte Behänge vorweisen können.

Auch der Fang, die Lefzen und die Zunge sind am Gesichtsausdruck beteiligt. Manche Hunde können sogar so etwas ähnliches wie lächeln, indem sie die Lefzen weit nach hinten anwinkeln und dabei die Zähne entblößen. Selbst die Zunge wird als Mitteilungs-Instrument benutzt, wenn es darum geht, Liebe und Dankbarkeit auszudrücken. Auch wenn wir Menschen gar nicht so begeistert davon sind, wenn uns unser Hund lecken will, so sollten wir uns doch darüber im klaren sein, daß es sich hierbei um eine ganz natürliche und ererbte Geste der Zärtlichkeit handelt.

Eine Geste des Bittens ist das »Pfötchengeben«. Wir können es dem Hund leicht beibringen, denn eigentlich kann er's ja schon. Als Welpe mußte er gegen die Zitzen seiner Mutter treten, um den Milchfluß anzuregen (»Milchtritt«). Das Pfötchengeben ist also eine Art Fortsetzung dieser Bettelgeste.

Das Vergraben von Knochen

Die Angewohnheit, Fleisch- oder Knochenreste zu vergraben, ist ein Überbleibsel aus der wölfischen Vergangenheit des Hundes, in der es noch nötig war, Vorratslager für kommende Hungerzeiten anzulegen. Notzeiten haben unsere heutigen Hausgenossen zwar nicht mehr zu befürchten, aber weil dereinst das Überleben von ihren Vorräten abhängig war, konnten sie diese in ihr Fleisch und Blut über-

gegangene Handlungsweise bis heute nicht ablegen. So ist es nicht verwunderlich, wenn ein ausreichend gesättigter Hund im Garten Löcher buddelt und Futterreste darin vergräbt. Notfalls tut er das aber auch in der Wohnung (seinem Bau) unter dem Teppich oder in einer dunklen Ecke unter dem Schrank. Daß er dabei auch auf dem glatten Zimmerboden kratzt, zeigt doch nur, wie unauslöschlich das einst Erlernte bis heute als Ritual erhalten blieb.
Auch bei Amigo kam dieser Hamstertrieb gelegentlich zum Durchbruch. Einmal brachte er uns damit in arge Verlegenheit:
Wir hatten Gäste eingeladen, in der ganzen Wohnung duftete es schon nach den leckeren Gerichten, die meine Frau vorbereitet hatte. Nur im Wohnzimmer, wo der Tisch gedeckt war, überwog ein seltsamer, sehr unangenehmer Geruch; es roch etwas nach Verwesung. Wir konnten es uns nicht erklären und waren ganz ratlos. Natürlich durchsuchten wir alle Ecken und Winkel, denn wir wurden den Gedanken nicht los, daß vielleicht irgendwo ein von Amigo verschleppter Speiserest herumliegen könnte.
Wir hatten die Ursache immer noch nicht finden können, als es klingelte und die Gäste erschienen. Der Abend wurde trotzdem sehr nett, obwohl mir nicht entgangen war, wie eine junge Frau ihrem Tischnachbarn einen verstohlenen Blick zuwarf und dabei unmißverständlich die Nase rümpfte.
Amigo selbst war es dann, der am nächsten Abend das große Geheimnis lüftete. Als wir beim Fernsehen saßen, erhob er sich plötzlich und tappte gemächlich, aber zielstrebig zu unserer Philodendron-Pflanze, die eine ganze Zimmerecke ausfüllte. Mit flinken Pfoten buddelte er dann aus dem großen Blumentopf einen schrecklich vergammelten Fleischknochen hervor, den er genüßlich abzunagen begann. Unser »armer, hungernder« Cocker Spaniel hatte also für die Notzeit vorgesorgt und die schien jetzt – da es schon Abend war und es kein Futter mehr gab – für ihn angebrochen zu sein.

Die Angewohnheit des Hundes, Knochen und andere Mahlzeitreste unter Teppichen, Schränken oder in Blumenkübeln zu »vergraben«, ist ein Überbleibsel aus seiner wölfischen Vergangenheit.

Das Im-Kreis-Drehen
Ein Verhalten, das auch auf Gewohnheiten aus der Vergangenheit des Hundes zurückzuführen sein mag, ist das mehrmalige Kreisdrehen, bevor sich der Hund zusammengerollt auf sein Lager niederläßt. Ob es nun das Zurechttreten einer Mulde im hohen Gras andeutet, oder als gymnastische Vorbereitung auf die starke Rückgratkrümmung bei der eingerollten Schlaflage angesehen werden muß, ist nicht mit Sicherheit zu sagen.

Beinheben

Daß der Rüde sein Bein nicht nur dann hebt, wenn er seine Blase entleeren muß, sondern viel öfter, um sein Revier mit Duftmarken (kleine Urinspritzer) zu kennzeichnen, wird Ihnen sicher nicht neu sein. Für den Hund ist dieses Abgrenzen seines Gebietes genauso wichtig wie das Aufnehmen der »Nachrichten«, die seine Vorgänger an Bäumen, Zäunen und Laternenpfählen für ihn hinterlassen haben. Lassen Sie ihm die Freude wenigstens dort, wo es niemand stören kann, denn Sie würden ihm sonst einen bedeutenden Teil seiner natürlichen Verhaltensweisen entziehen, wodurch er in seinem Selbstbewußtsein beeinträchtigt werden könnte.

Das Interesse der Hündinnen an diesen »Duftbotschaften« beschränkt sich hingegen nur auf die Zeit kurz vor und während der Läufigkeit. Hündinnen gehen nur dann »in die Hocke«, wenn es nötig wird, die Blase zu entleeren.

Die Sinnesorgane

Während wir Menschen uns hauptsächlich mit den Augen orientieren, erfährt der Hund seine Umwelt vorwiegend durch seine ganz besonders fein ausgebildete Nase; es heißt deshalb, er sei ein »Nasentier«. Was wir als sehenswert betrachten, kann für ihn absolut uninteressant sein, wenn es nicht riechenswert ist. Andererseits können wir uns nur schwer in die Geruchswelt des Hundes hineindenken, zumal ihm auch solche Gerüche gefallen, die uns zuwider sind. Alle übrigen Sinnesorgane spielen beim Hund eine eher untergeordnete Rolle, obwohl auch diese ganz spezifische Qualitäten haben.

Augen – Ohren

Von allen Haustieren – außer der Katze – besitzt der Hund das relativ größte Auge. Sein Gesichtsfeld ist größer als das des Menschen, aber sein plastisches Sehvermögen ist erheblich eingeschränkt. Zudem ist der Hund von Natur aus weitsichtig und daher vorwiegend auf das optische Erfassen von Bewegungen eingestellt. So kommt es, daß oftmals das eigene Herrchen oder Frauchen nicht erkannt werden, wenn sich diese in einiger Entfernung ganz still verhalten.

Allerdings ist das Sehvermögen von Hund zu Hund recht unterschiedlich. Bei Vergleichen mit anderen Hunden konnten wir wiederholt feststellen, daß Amigo nicht nur einen guten »Riecher«, sondern auch ganz erstaunlich leistungsfähige Augen hatte. Es gibt noch eine generelle Ausnahme: Windhunde können sehr viel besser sehen als Hunde anderer Rassen, denn bei ihrem hohen Lauftempo wäre die Verfolgung einer Spur mit tief zu Boden gesenktem Kopf unmöglich.

Während das Hörvermögen des Menschen von 16 bis 20 000 Hertz (Schallschwingungen pro Sekunde) reicht, umfaßt das Hörspektrum des Hundes etwa 70 bis 100 000 Hertz. Damit ist der Hund in der Lage, Töne zu empfangen, die für uns Menschen unhörbar bleiben. Erteilte Befehle mit der sogenannten lautlosen Hundepfeife (im Ultraschallbereich von ca. 30 000 Hertz), die ein trainierter Jagdhund noch bis 500 Meter Entfernung empfangen kann, sind daher für das Wild wie für den Jäger unhörbar. So erklärt sich auch die hervorragende Wächtereigenschaft der meisten unserer Haushunde.

Daß Hunde auch fähig sind, sich bestimmte Geräusche zu merken und diese unter vielen, ganz ähnlichen mit unglaublicher Sicherheit herauszuhören, konnten wir an unserem Cokker-Rüden immer wieder bewundern. Einen überzeugenden Beweis dafür erbrachte Amigo, als wir einmal ohne ihn verreisen mußten und sich eine Freundin meiner Frau dazu erboten hatte, inzwischen »Hundesitterin« bei uns zu spielen: Als wir spät am Abend zurückkamen, stand Amigo schon in freudiger Erwartung am Gartentor. Er hatte den Kopf durch das Gitter gezwängt und spähte in die Richtung, aus der wir kamen. Seine Betreuerin erzählte uns dann etwas ganz Erstaunliches: Bereits einige Minuten vor unserem Eintreffen hatte sich der eben noch tief schlafende Hund plötzlich erhoben, seine langen Ohren angewinkelt und war durch die angelehnte Terrassentür zum Gartentor gelaufen. Den gesamten Körper angespannt und in Richtung Autostraße blickend, war er dann dort so lange stehengeblieben, bis wir vorfuhren. Da gab es gar keinen Zweifel: Amigo hatte, trotz der Entfernung, aus den Geräuschen vieler Autos unseren Wagen einwandfrei herausgehört.

Geruchs- und Geschmackssinn

Der Geruchssinn ist der ausgeprägteste und daher wichtigste Sinn des Hundes, mit dessen enormer Leistungsfähigkeit er die meisten Säugetiere übertrifft. Er orientiert sich daher auch vorwiegend nach der Witterung seiner kompliziert und fein ausgebildeten Nase. Mit Hilfe des sehr beweglichen und stets feucht gehaltenen Nasenschwammes gelingt es ihm sogar, beispielsweise menschlichen Schweiß noch in millionenfacher Verdünnung zu wittern.

Trainierte Hunde sind auch in der Lage, einzelne bestimmte Düfte aus Geruchsmischungen »herauszufiltern« und mit Sicherheit zu erkennen. Als ein Beispiel seien hier die Rauschgift-Suchhunde der Zolldienste genannt, für deren Aufgaben sich der Spaniel als besonders gut geeignet erwiesen hat.

Der Geschmackssinn ist ebenfalls gut entwickelt und mit dem hochsensiblen Geruchssinn des Hundes eng verbunden.

Das Tastorgan

Ausgebildet als hochempfindliches Nervengeflecht, dient der Tastsinn zur Wahrnehmung von Berührungs- und Temperaturreizen. Nasenschwamm, Lefzen, Zunge und Pfotenballen sind am empfindlichsten. Außerdem dienen dem Hund besonders ausgeprägte und tief in der Haut verankerte Tasthaare (beispielsweise an Augenbogen und Lefzen) zur Unterstützung des Tastsinnes.

So lernen sich Hunde kennen: Nach der ersten Kontaktaufnahme Nase an Nase beschnüffeln sie sich gegenseitig am Hinterteil.

Ob auf der Jagd oder beim Spiel – im Wasser ist der ▷
Spaniel in seinem Element.

Begegnungen mit anderen Hunden

Zum Sinneserlebnis des Hundes gehört auch der Kontakt zu seinen artverwandten »Kollegen« – wie sonst sollte er lernen, sich mit anderen Hunden zu verständigen? Wer seinen Hund vor der Begegnung mit anderen stets ängstlich abschirmt, darf sich nicht wundern, wenn er bald einen ebenfalls ängstlichen, zudem nervösen und äußerst reizbaren Begleiter hat. Kommt dann in einem unbeaufsichtigten Moment doch einmal ein solches Zusammentreffen zustande, ist es nicht verwunderlich, wenn eine Beißerei entsteht, weil sich der sonst so sorgsam behütete Hund aus Unerfahrenheit regelwidrig verhalten hat.
Nach echter Hundregel und -Gepflogenheit hat die Kontaktaufnahme mit Neulingen zunächst Nase an Nase zu erfolgen. Hunde, die sich schon ein wenig besser kennen, beschnüffeln sich gegenseitig am Hinterteil. Dabei zeigt sich dann, ob sie einander freundschaftlich, desinteressiert oder gar feindlich gegenüber stehen.

Rangordnungskämpfe

In den meisten Fällen wird bei der Begegnung zweier Hunde Sympathie bekundet, was am Schwanzwedeln leicht feststellbar ist. Stellen sich aber die Haare an Nacken, Rücken und Schwanzwurzel auf, besteht eine »haarsträubende« Situation, die zu einem Kampf führen kann. Jeder der Kontrahenten scheint sich dem anderen überlegen zu fühlen und will deshalb erst einmal feststellen, ob er tatsächlich der Stärkere ist. Noch ist es aber nicht zu spät, die wahren Verhältnisse zu erkennen und sich gesenkten Hauptes und mit eingezogenem Schwanz kleinlaut zurückzuziehen. Andernfalls wird bald ein Gerangel, danach ein richtiger Kampf entstehen, der aber meist viel gefährlicher aussieht als er in Wirklichkeit ist. Sobald sich einer der Hunde unterwirft, wenn er sich also auf den Rücken legt und somit seine Kehle ungeschützt dem Gegner preisgibt (was bei diesem zu einer Beißhemmung führt), ist unter normalen Hunden das Duell augenblicklich entschieden und beendet.
Leider gibt es aber heute mitunter überzüchtete, verhaltensgestörte Hunde, die sich nicht an diesen »uralten Hundekodex« halten. Sie beißen gelegentlich sogar Welpen und Hündinnen, die normalerweise, also im Sinne echter Hundeart, niemals angegriffen werden.
Um die Kämpfenden zu trennen, sollten Sie die Hunde niemals abrupt auseinander ziehen, denn allzu leicht könnten Sie dann selbst der Gebissene sein. Besser ist es, ein Ablenkungsmanöver zu versuchen. Auf irgendein Wort reagiert jeder Hund besonders stark. So kann beispielsweise »Katze!« oder »Frauchen kommt!« ein rettender Schwindel sein. Auch ein Wasserguß kühlt die Gemüter schnell ab, nur bietet sich leider nicht immer und überall die Möglichkeit dazu.
Prinzipiell besteht bei angeleinten Hunden erhöhte Gefahr für eine Rauferei, denn der Kontakt zu Herrchen, den die Leine vermittelt, verleitet die Tiere zur »Überheblichkeit« und zur Überschätzung der eigenen Kräfte. Je mehr ein Hund Umgang mit Artgenossen hat, um so sicherer wird er bei jedem Zusammentreffen mit ihnen sein, denn er durfte ja lernen, wie er sich unter seinesgleichen richtig zu verhalten hat.
Noch bedeutungsvoller und viel öfter als die meist schnell entschiedenen und gemeinhin glimpflich ausgehenden Rang-Kämpfe wird unter Hunden (wie auch bei anderen Tierarten) das »Eindruckschinden« praktiziert.

◁ Spielen, Fangen, über Hindernisse springen, Apportieren – die Bewegungsfreude des Spaniels ist schier grenzenlos.

Das Imponiergehabe
Dieser Begriff aus der Hunde-Fachsprache bezieht sich ebenfalls auf die Regelung der Rangordnung. Oft reicht es schon aus, die Entscheidung herbeizuführen, ohne daß es zu einem Kampf kommen muß. Gestreckte Körperhaltung, Haarsträuben, Zähnefletschen, Sich-größer-Machen und eben Angeben nach allen »Regeln hündischer Kunst«, dies alles sind Ausdrucksmittel, mit denen der Gegner beeindruckt und möglichst eingeschüchtert werden soll.
Während die wahre Stärke erst im Kampf gemessen werden kann, wird in der Regel schon derjenige, der diese Rolle am überzeugendsten spielt, als Ranghöherer – also als etwas Besseres – anerkannt.

Der verhaltensgestörte Hund

Kein anderes Haustier hat sich dem Menschen so eng angeschlossen wie der Hund. Er lebt unter unseren Umweltbedingungen und ist somit auch unserer Hektik, unseren Gewohnheiten und Launen ausgesetzt. Die moderne und so hochgepriesene fortschrittliche Welt aber ist auch ein Nährboden für seelische Defekte. Immer mehr streßgeplagte Patienten füllen die Wartezimmer der Nervenärzte und Psychiater. Kein Wunder also, wenn gelegentlich auch Hunde »durchdrehen« und sich bei ihnen Neurosen oder angstbedingte Aggressivität einstellen.
Es gibt aber noch andere Ursachen, die Verhaltensstörungen beim Hund auslösen können:

- Züchterische Fehlleistung, die auf ungenügende Zuchtauswahl zurückzuführen ist; mitunter auch auf die Überbewertung körperlicher Vollkommenheit statt eines gezielten Einwirkens auf die Gesunderhaltung und Förderung der besten charakterlichen Eigenschaften einer Rasse.
Längere Zeit gab es einige rote Cocker Spaniels, die wegen ihrer Veranlagung zur unbegründeten Bissigkeit leider auch ein Ergebnis züchterischer Fehlleistung waren. Glücklicherweise ist es bei den neueren Zuchten gelungen, dieses Manko weitgehend auszumerzen.
- Folge einer schweren Krankheit (beispielsweise der Staupe oder der Stuttgarter Hundeseuche), die zu irreparablen Gehirnschäden führen kann.
- Falsche Erziehung und nicht artgemäße Behandlung, die zumeist aus übertriebener Tierliebe und falschem Verständnis resultieren.

Es ist vor allem dieser letzte Fall, bei dem es auf Sie persönlich ankommt, dafür zu sorgen, daß Ihr Hund vor seelischen Schäden bewahrt bleibt, denn Sie sind ihm Schutzperson und Meuteführer zugleich. Sie tragen die Verantwortung nicht nur für seine gesunde Entwicklung, sondern auch für seine normale Eingliederung in unsere Menschengesellschaft. Deshalb ist eine verständnisvolle, aber konsequente Erziehung für das Tier ebenso wichtig und notwendig wie der seiner Art entsprechende Umgang mit ihm.
Hunde wollen wie Hunde behandelt werden. Dazu brauchen sie einen festen, geborgenen Platz in der Meute – das heißt in der Familie – und einen Rudelführer, bei dem sie Verständnis, Gerechtigkeit und Überlegenheit spüren. Es liegt ja in ihrer Natur, sich dem Stärkeren unterzuordnen und von ihm zu lernen. Der Mensch braucht nur das Amt eines Leittieres zu übernehmen, was aber auch heißt, daß er auf jede Art von Vermenschlichung zu verzichten hat.

Spaniels verstehen lernen

Wer seinen Hund übermäßig verwöhnt und verhätschelt, ihn gar wie ein lebendiges Spielzeug behandelt oder allzu ängstlich hütet, der darf sich nicht wundern, wenn sein Hund schließlich neurotisch wird. Auch können allzu unregelmäßige Lebensverhältnisse sowie andauernde Streiterei in der Familie wesensmäßige Veränderungen wie Ängstlichkeit und Mißtrauen beim Hund hervorrufen.

Aggressionen

Stark betont aggressives Verhalten wird durch einen Triebstau verursacht, der meist Nichtbeachtung und Beschäftigungslosigkeit des Tieres zum Anlaß hat. Viel Bewegung an der frischen Luft und das Spielen und Lernen sind die besten Mittel, angestaute Aggressionen auf natürliche Weise abzubauen.

Daß solche Aggressionen zuweilen recht eigenartige Formen annehmen können, zeigt eine Begebenheit, die Freunde von uns erlebten:

Während einer dreitägigen Geschäftsreise gaben sie ihren schwarzen Cocker Spaniel Bimbo einer befreundeten Nachbarin in Pflege. In den ersten beiden Tagen klappte alles großartig. Bimbo gehorchte seiner »Pflegemutter«, die er übrigens schon länger kannte und auch gut leiden mochte. Mit dem Fressen gab es auch keine Schwierigkeiten – kein Wunder bei einem Spaniel.

Am dritten Abend wurde die Hundehüterin zu einer Geburtstagsfeier eingeladen und mußte ihren Pflegling gezwungenermaßen allein in ihrer Wohnung lassen. Sie blieb nur zwei Stunden weg – der ihr anvertraute, alleingelassene Hund und ihr Pflichtbewußtsein ließen ihr keine Ruhe. Als sie zurückkehrte und die Wohnungstür aufsperrte, gebärdete sich der sonst so gutmütige Bimbo wie ein wilder Zerberus. Weder gutes Zureden noch sanfte Gewalt konnten den bedrohlich knurrenden und zähnefletschenden Wächter dazu bewegen, die arme Frau in ihre eigene Wohnung eintreten zu lassen. Sie bekam es so mit der Angst zu tun, daß sie schließlich auf dem Treppenabsatz übernachtete, wobei Bimbo unentwegt auf der Lauer lag und auch nicht einen Moment zu schlafen gedachte. – Unsere Freunde, die am frühen Morgen ihren Liebling abholen wollten, fanden die Bedauernswerte zusammengekauert auf der Treppe hockend. Als Bimbo seine Leute sah, geriet er außer sich vor Freude; es schien ihm völlig gleichgültig zu sein, daß die von ihm so schlecht behandelte Betreuerin die Wohnung betrat, die er zuvor noch so argwöhnisch bewacht hatte. Nachdem Herrchen und Frauchen wieder da waren, zeigte Bimbo nicht mehr die geringste Spur einer Aggression. Noch heute können sich unsere Freunde dieses merkwürdige Verhalten ihres Cockers nicht erklären. Hatte er sich so fest auf die Rückkehr von Herrchen und Frauchen konzentriert, daß er einfach außer sich war, als »nur« seine Pflegemutter von der Geburtstagsfeier heimkam? Oder bildete er sich gar ein, er müsse diese, seine »Zweitwohnung« bewachen und gegen jeden Eindringling verteidigen, bis seine Leute eintreffen? Die einzig denkbare Erklärung für das seltsame Verhalten des Hundes scheint mir die zu sein, daß Bimbo bei seiner Betreuerin nicht den gewohnten Auslauf hatte, daß dieser Bewegungsmangel zu einem Aggressionsstau führte, der dann keines großen Anlasses mehr bedurfte, um sich hemmungslos zu entladen.

Typisch Spaniel – äußerliche und charakterliche Rassemerkmale

Wie für alle vom FCI (der höchsten internationalen Instanz der Hunde-Fachverbände) anerkannten Hunderassen, wurde auch für das Erscheinungsbild aller eigenständigen Rassetypen der Spaniels jeweils eine Standardnorm festgelegt, um eine einheitliche, objektive Beurteilung zu ermöglichen. Kurzbeschreibungen dieser Standards finden Sie in den »Steckbriefen« (→ Seite 14).
Da die Mehrzahl der Spaniels eng mit dem Cocker verwandt ist, haben besonders die Springer- und Waterspaniels sowie der Clumber-, Sussex- und Field-Spaniel, trotz der teilweise erheblichen Unterschiede, vieles mit ihm gemeinsam: Sie alle sind kompakt im Körperbau, lebhaft und intelligent, haben ein freundliches, gutartiges Wesen und hervorragende Anlagen zum Jagdhund.
Der Cocker, der von allen Spanielarten die größte Verbreitung als Haushund gefunden hat, ist besonders anhänglich, sehr treu, oft lustig und zuweilen auch listig. Er ist sehr kinderfreundlich und absolut kein Raufer – vorausgesetzt, daß er gerecht und seinem Wesen entsprechend behandelt wird.
Ganz typisch für den Spaniel ist seine unverwechselbare, tänzelnde Gangart, in die er beim leichten Trab fällt (auch an der Leine, wenn er nicht zu langsam geht). Sein ausgeprägter Jagdtrieb und seine große Leidenschaft fürs Wasser sind die Gründe dafür, daß er zum »Spezialisten« für die Entenjagd geworden ist. Übrigens, ein freiwilliges Bad schadet dem Hund nicht, wenn er sich anschließend zum Trocknen genügend auslaufen kann.
Überhaupt sind Spaniels Jagdhunde mit »Leib und Seele«, und es ist eigentlich sehr bedauerlich, daß nur wenige von ihnen regelmäßig bei der Jagd eingesetzt werden und Gelegenheit haben, ihre jagdlichen Fähigkeiten unter Beweis zu stellen. Eine Möglichkeit, sich ersatzweise auf diesem Gebiet zu betätigen, bieten die Landesgruppen der Jagdhunde-Klubs durch besondere Übungen.
Nun noch ein Wort zur ganz speziellen Pflege des Cockers: Wie alle langhaarigen Hunde, braucht der Cocker täglich seine Pflege. Dazu gehört das Auskämmen und Auszupfen des überschüssigen, toten Haares. Locken, die

Wenn Ihr Cocker aus guter Zucht stammt und standardgemäß getrimmt ist, können Sie auch einmal an einer Hundeausstellung teilnehmen.

sich an der Rute bilden, sollten zurückgeschnitten werden. Wuchernde Haarbüschel zwischen Zehen und Ballen müssen entfernt werden, da sie Schmutzfänger sind und den Hund beim Laufen behindern. Falls sich die Krallen beim Laufen nicht von selbst abschleifen, sollten sie (am besten vom Tierarzt) von Zeit zu Zeit beschnitten werden.

Das standardgemäße, richtige Trimmen und »Zurechtmachen« eines Cockers können Sie nur durch Erfahrung und am besten als Mitglied des Jagdspaniel-Klubs erlernen. Deshalb rate ich allen Anfängern, wenigstens fürs erste einen guten Hundesalon in Anspruch zu nehmen.
Gewiß, es braucht schon einige Mühe und Zeit, einen wirklich gepflegten Cockerspaniel zu haben, dafür ist dann aber auch die Freude um so größer, wenn das Tier allseits bewundert wird, wie es – fast könnte man glauben »stolz« – seine ganze Schönheit zur Schau trägt.
Beim Cocker sollten die Maße der Widerristhöhe und der Rückenpartie (vom Widerrist bis zum Rutenansatz gemessen) gleich sein, um der im Standard festgelegten typisch quadratischen Körperform zu entsprechen. Wer sich für detaillierte Standardbeschreibungen interessiert, kann diese bei den jeweils zuständigen Rassehundeklubs erhalten. Zuständigkeitshinweise finden Sie in den Fußnoten der »Steckbriefe« (→ Seite 14).
Was ich noch sagen wollte: Verzweifeln Sie nicht, falls Sie eines Tages bekennen müssen, daß sich Ihr geliebter Spaniel leider doch nicht zu dem Ihnen einst beim Kauf geschilderten »Superhund« entwickelt hat. Das Naturprodukt Hund läßt sich nicht in Schablonen zwingen. Der Idealstandard – nach menschlichem Ermessen verkörpert er absolute Vollkommenheit – muß als Wunschmodell verstanden werden, also als ein gedachtes, anzustrebendes Ziel. In der Realität kann dies nur von wenigen auserlesenen Hunden, meist auch nur annähernd, erreicht werden. Vor den Richtertischen der kleinen und großen Hundeausstellungen, wo über den »Wert« der Tiere entschieden wird, hat es schon manche Enttäuschung gegeben, weil der hoffnungsvolle Kandidat eben nicht so ganz »in Form« war und um einiger Punkte willen nicht gewinnen konnte.
Vielleicht hatten Sie die Bewertungsnote »Vorzüglich« für Ihren Hund erhofft und müssen sich nun mit einem »Sehr gut« oder »Genügend« bescheiden. – Kein Grund zur Traurigkeit! Und bitte werden Sie jetzt nicht ungerecht gegen Ihren braven Hund, der glücklicherweise überhaupt keine Ahnung hat, nach welchen Maßstäben er für mehr oder weniger wert befunden wird.
Auch ein nicht in allen Punkten der Idealform entsprechender Spaniel kann der liebenswerteste, klügste und treueste Kamerad eines Menschen sein. Schließlich sind das Werte, die keinesfalls weniger Beachtung verdienen, zumal sie in der Praxis des täglichen Zusammenlebens auch viel wichtiger sind. Ihr Hund – mag er auch seine kleinen Fehler haben – ist für Sie doch immer der liebste, der schönste und der beste Hund auf der Welt!

Adressen und Bücher, die weiterhelfen

Hundeverbände – Hundevereine

Fédération Cynologique Internationale (FCI), 12, rue Léopold II, 14 B-6530 Thuin/Belgien

Deutschland:
Verband für das Deutsche Hundewesen e. V. (VDH), Mallinckrodtstr. 26, D-4600 Dortmund, Tel.: 0231/8229
Jagdspaniel Klub e. V., Geschäftsstelle: Erika Lemmer, Blumenweg 21, D-3167 Burgdorf-Ahrbeck, Tel.: 05136/3381
Internationaler Club für Japan-Chin, Peking-Palasthunde und Toy-Spaniel e. V., Zuchtbuchamt: Christine Bernhardt, Ackerstr. 2, D-6380 Bad Homburg, Tel.: 06172/42156
Verband Deutscher Kleinhundzüchter e. V., Geschäftsstelle: Helmut Hoffmann, Waitzstr. 18, D-2000 Hamburg 52, Tel.: 040/894747
Internationaler Klub für Tibetische Hunderassen e. V., Geschäftsstelle: Hedy Nouc, Buchenhof, D-5106 Roetgen, Tel.: 02471/2553

Österreich:
Österreichischer Jagdspanielklub, Geschäftsstelle: Richard Löhlein, Porzellangasse 11, A-1090 Wien, Tel.: 0222/347401
Österreichischer Rassehundeverein, Geschäftsstelle: Alois Wilfling, Eppensteinerweg 6, A-8052 Graz, Tel.: 0316/539204
Österreichischer Zwerghunde-Klub, Geschäftsstelle: Hedy Wahl, Hochheimgasse 2, A-1130 Wien, Tel.: 0222/8217932
Österreichischer Klub für tibetische Hunderassen, Geschäftstelle: Inge Hauschka-Treuenfels, Mommsengasse 13, A-1040 Wien, Tel.: 0222/653451

Schweiz:
Spaniel-Club der Schweiz, Präsident: P. Bieri, Postfach 1, CH-3053 Münchenbuchsee, Tel.: 031/860968
Schweizer Springer-Spaniel- und Retriever-Club, Präsident: Emil Wymann, Neumattstr. 93, CH-3422 Rüdtligen, Tel.: 034/451643
Club Suisse de l'Epagneul breton, Präsident: H. R. Graf, Sunnehalde 325, CH-8165 Schöfflisdorf, Tel.: 01/853 1255/853 0717
Schweizerischer Papillon-Club, Präsident: Dieter Janser, Seestr. 33a, Ch-3600 Thun
Schweizerischer Club für Peking-Palast-Hunde, Präsident: G. Villiger, Klusstr. 6, CH-4142 Münchenstein, Tel.: 061/460760

Bücher, die weiterhelfen

Peter Beyersdorf/Dr. med. vet. Peter Brehm, Der Spaniel, Verlag Rudolf Müller GmbH. + Co., Köln-Braunsfeld (1977)
Hilary Harmar, Hunde züchten mit Erfolg, Albert Müller Verlag, Rüschlikon b. Zürich (1978)
Margret Herl, Erfahrungen mit Cockern, Franckh'sche Verlagshandlung, Stuttgart (1979)
Ulrich Klever, Dein Hund, Dein Freund, Gräfe und Unzer Verlag, München (1977)
Brigitte Korn / Hagen Treutmann, Das große farbige Hundelexikon, Albert Müller Verlag, Rüschlikon b. Zürich (1977)
Eberhard Trumler, Trumlers Ratgeber für den Hundefreund, R. Piper & Co. Verlag, München/Zürich (1977)
Der Jagdspaniel, Nachrichten des Jagdspaniel-Klubs e. V., D-8000 München 82, Transjochstr. 6

Sachregister

Kursiv gesetzte Seitenzahlen verweisen auf die Farbfotos.

Sachregister